Hanif Kureishi

THE NOTHING

虚无

[英] 哈尼夫·库雷西 著 吴忆枝 译

上海文艺出版社
Shanghai Literature & Art Publishing House

谨以此书献给基尔·库雷西

第一章

我老了，病了，精液所剩无几。不知道还能有多糟。但就在那个夜晚，我又听到了这些动静。

我敢肯定他们正在齐娜的卧室里做爱。她的房间就在我隔壁。

我想知道这是否是我的臆想。我很怀疑。此前我从未在这房子里听到过这些声音。我们的住所很宽敞，是横向延伸，开放式的。我从不关房门以备在半夜里需要喊我的齐娜。

我一动不动，全神贯注，直到我确定这并非是我的自身幻觉也非迷幻药导致的幻觉重现。那些窃窃私语、低声吟叹、呜咽呻吟接踵而来。听上去像是她的声音。

也可能是他。我的朋友。

长久以来,我随时等候着死亡降临。死亡的念头让我能够赖以生存,并充满好奇。我的视力已模糊,一边的耳朵失聪,尤其在人流涌动和看不清人脸的地方更加耳聋眼瞎。但每天清晨,齐娜还睡着懒觉时,我会舒服地躺着,静静聆听。这栋伦敦的大楼里存在着另一个世界。我听得到走廊外的电梯声,铁门不断开合的碰撞声,大厅里飘来的只言片语,还有电视机和收音机里的声响。整晚,我听见来自性感女郎、不省人事的酒鬼的声音,此起彼伏的警笛声,痛苦挣扎的人们寻求解脱,一墙之隔的各种隐私,还有我妻子的震动棒如同剃须刀似的嗡嗡声。

早晨我听见鸟鸣。这幢大楼对面的树上有十只绿色的长尾小鹦鹉停在那儿歇息,齐娜和我一直留意着它们。这里附近正在施工,维多利亚这一带的整修从未停止过。它完工后的新貌我应该是看不到了。可我还是喜欢那个浓雾笼罩下更像是废弃了的伦敦,空气里弥漫的绝望中透露出一丝战后的庄严与崇高。疯子都被关进了精神病院,而那些坐在办公室里神志清醒的人境遇却更糟。这是一个单调乏味、筋疲力尽的新世界。我们在伦敦这座纸醉金迷的城市活得太久了。

我享受着自己的日渐衰老,欢喜地目送时光流逝。可眼下,却出了这档子事。

真相总让人猝不及防:我使劲在听,眼皮抽搐不停,口干舌燥。我的屁股动弹不得,双腿也不好使唤。我在床垫上费力地拖着身体悄悄地朝门的方向爬过去。

我伸手去开灯,却不想碰翻了咖啡杯,它摔在了地上,随即发出一声巨响,如同用铁锤敲打平底锅。

我还是一动不动。

齐娜说我是个生性多疑的丈夫,整天疑神疑鬼,缺乏信任,热衷于看事物的阴暗面;是欲望和疾病的结合体。我的确是靠想象力谋生的,而想象力正是这世界上最危险的东西。

除非是我的邻居们最近开始养起了猪——他们是阿拉伯人所以这几乎不可能——这个新出现的声音显然来自人类。

我屏息凝神,盯着走廊里昏暗的灯光。我闻到了一股香烟味。我想起就在上周,齐娜是怎样帮我梳理头发,轻抚我的胡须并用椰子油给我按摩。她会爱抚我的胸脯,然后揉捏我的双耳。在我嘴里含着温度计向后靠下时,她帮我脱下暖和的雪地靴,抚弄我的双腿和脚趾。

我看不见却听得着,这些动静并未消停。我吃了药,却依然保持警觉。尽管齐娜是看着我吞下去的。她早先对我的态度过分亲切,这无疑是不安的表现,毕竟近来她对我的热情早已不复当年。埃迪端来了水,他跟在她身后,在门口站着,脸上露出一抹耐人寻味的微笑。

我对他说:"晚上好,埃迪,你等会儿怎么回苏活?会不会太晚了？要不你在沙发上将就一晚？当然啦，我们非常欢迎你。"

我在观察他们。在我表达善意时，他们很有默契地避开对方的眼睛。这下，一切便说得通了。

埃迪点点头说："太感谢了沃尔多，你总是那么好心。睡沙发挺好的。那明早见，老兄，睡个好觉。"

临睡前，我像往常一样抿了一口双份浓缩咖啡。我爱极了咖啡残留在嘴里苦涩的余味。

这本是个寻常不过的夜晚。但此刻，我很肯定我听见了他们交叠缠绕在一起的声音，时而微弱压抑时而激动欢悦。我猜他们正一丝不挂地躺在一起。

在经历了二十年漫长的婚姻——还伴有二十二岁的年龄差距——我想这是我那忠诚的齐娜头一回出轨。事实上，对于这点我很确定。我曾说过：永远别轻信任何人说的话。但齐娜是值得信赖的。她还没开始撒谎就变得惊慌失措。平日里她总摆出一副一本正经的模样。在印度的童年时光她遭遇过一起涉及谋杀的事件，但除此以外，她在一个体面的家庭里长大成人。你或许会说，她未免过于本分了，没有体验过足够的欢乐。

看来她已经找到一些慰藉来弥补错过的时光。这永远都为时未晚。声音没有停止，我既忐忑又兴奋。我发现即便性能力衰退，但性欲，就像埃尔维斯和妒忌一样，不会消失。我认识八十五岁的老色鬼。谁说性爱一定需要勃起、肉体和高潮？

我开始想象他们的交欢。用的什么体位，她是跪着的吗？他们激情四溢时会接吻吗？饥渴难耐的肉体和乘虚而入的野兽。

我觉得我能目睹这一切。我就是一台运转不停的摄影机，拍过不下二十部电影和纪录片。据一些电影杂志介绍，其中还有几部名列史上一百部最佳影片，或者是二百？我是个电影制片人，我发掘事物，这便是我存在的意义。我们这些导演是和暴露狂共事的偷窥狂。如今到头来，我仍是一个旁观者。

观察让世界在你眼中妙不可言。即便我现在无法动弹，几乎就是一个坐在轮椅上的植物人，可性爱的感觉却依旧强烈。我回味着她的滋味和她散发的气息。齐娜，我最后，也是唯一所爱，我爱她的身体胜过任何人的。我回想起她在我面前变得多么奔放不顾羞耻，还有我们玩过的性游戏。

此刻她正张嘴迎接他，她的手指卖力地摆弄他的下体。也许他正按她喜欢的样子拉扯着她的头发。

我通过声音加上我的想象，设想各种角度和画面的切换，来制作这段时日以来我唯一能完成的实质性电影——脑海中的电影。我不断筹划重新干回艺术家的老本行。最近我制作完成了几部时长五分钟的电影，还不错，和我从前拍的那些相比有更多自由发挥空间。那会儿我做起事来束手束脚，一切还得看在钱的分上。下回我的好友安妮塔来这时，我得让她瞧瞧。她懂得怎么一边给人鼓气，一边给人泼凉水。

都说爱会改变一个人。或者说人在深陷绝望或是自我唾弃时,会想要一头扎进爱情,力图扭转现状。此刻有些事已经永远改变了。谁曾料想会有这样的变数?我多年来的生活在顷刻间天翻地覆。

我需要时间来平复。虽然时间弥足珍贵,但至少我有整个夜晚来思考,我可以明天再睡觉。

早晨,我在客厅里没发现外套和帽子的踪迹,也没捕捉到动物的气息。埃迪已经开溜了。

就我所知,他在这儿留宿不下十次,就睡在沙发上。通常我醒来时能瞧见他。他爱留下来吃早餐,然后一边穿衣服一边讨论新闻。他食欲旺盛且口味重。他欣赏齐娜的厨艺,尤其是她做的香辣马萨拉煎蛋饼。他能敞开肚子吃,就好像有一阵子没吃过东西并且不知道下一顿饭有没有着落。

我猜他是想在乘车回苏活之前把午饭钱省下。有时他会在离开前洗洗碗,稍微收拾一下。过去的几个月里,我们的公寓成了他的收容所,他把鞋一脱双脚搁在沙发上一边接电话,一边反反复复听着他热爱的令人振奋的爵士乐。

如今既然他们的关系发生了微妙的变化,他识相地早早便离开了。他不会想见到我,或者说让我撞见他。不过,我太了解他了,在尝过了甜头后,他会回来再咬一口的。我相信过不了多久。

就是今晚了。

我迫不及待地想知道这段刺激的新关系会如何发展下去。他在和我耍花样,这可冒着多大的风险啊。继续肆无忌惮不收手的话,我可什么事都干得出。他被激情冲昏了头脑,只用下半身思考。可我没有,此时此刻,我已想好了后面几步。

第二章

天亮了。

齐娜走了进来,掀开窗帘,扶我到轮椅上。我已经有三年时间无法行走,却依然期盼能做回从前的自己。我的身体或许大不如前,但我可以告诉你,老男人会随着年纪增长而变得愈加疯狂。

"睡得好吗?"

她检查了一下我有没有尿床。

"我也不知道,亲爱的。我失去了意识,像昏死了过去。"

"那可真是幸运,沃尔多。我喜欢夜里毫无意识的你。"

她俯身靠向我,送上晨吻和爱抚,我沉醉于她发丝和身体散发的迷人香气。我喜爱她撩起上衣将双乳完全暴露,缓慢地掀起她的裙子,或是一边发出娇嗔一边将双脚伸到我面前。我每天都是这样迎接新一天的到来。我爱她的脚趾胜过日出。我甚至微笑,她喜欢看到我的目光跳跃,眼睛是我身上唯一还保有热情的器官。

今早她已经洗完澡并换好了衣服。她动作迅速,干净利落地扶我上轮椅,嘴里还哼起了小曲。

我很想问她是什么让她如此忙碌。"你在服用新的维生素吗?"

"为什么这么说?"

我用仅剩的低沉嗓音赞美了她,让她知道她看上去是多么光鲜亮丽,活力四射,她是个多么迷人的女人。在她接近六十岁的时候,亲眼目睹我的衰老和痛苦,她开始越来越频繁地去游泳,健身,添置新衣。

她瘦得像根香烟,却在我的书房里安了一台跑步机。我现在很少去那儿了,但那里存放着我最珍贵的物品:日记、笔记本、海报、脚本、场记板、绝版的色情书籍,还有一张齐娜的母亲头戴面纱的照片,像极了中世纪的幽灵。和她坐下来探讨宗教和慈善时,她让我明白了自己无论身处何处,即便在自家浴室里,都是一个彻头彻尾的自由主义者和唱反调者。

那里还存放着鲍伊和伊曼①寄来的生日卡片,一张我和乔·斯特鲁摩②的合影,还有一张我和丹尼斯·霍珀③在威尼斯担任评委时的合照;以及在我完成了《卡拉奇皇后》之后身着女裙、浓妆艳抹,和那些巴基斯坦的变装艺术家们一起拍的照片。有来自同行的信件,毁誉参半。还有我的舞台面具。有一回在超市里齐娜推着我走,我戴着一个黄色面具,紫色锯齿状的大嘴在维特罗斯④的通道里引起了人们的恐慌和一阵骚动。

我喜欢齐娜在我身旁她的跑步机上气喘吁吁,而我则在计划永远不会拍摄的电影。即便今时今日这种状况下,我依旧渴望拥有一部属于自己的谢幕之作,能让我重拾起创作的希望。有谁听说过艺术家退休?岁月的流逝只会让我们越发疯狂地想要充实自我。

在齐娜研究她的占星术并准备去购物时,善良的巴西女佣玛利亚过来帮我穿衣。

疲惫的早餐过后,我定下心来认真翻看最近拍摄的照片和视频,想知道它们能派上什么用处。接着,我会创作语音日记。我希

---

① 大卫·鲍伊(David Bowie,1947—2016),英国摇滚歌手、演员。伊曼·阿卜杜勒·德马吉(1955—   ),索马里裔美国人,时装模特、女演员和企业家,民族化妆品领域的先驱,关注慈善工作,大卫·鲍伊的伴侣。
② 乔·斯特鲁摩(Joe Strummer,1952—2002),传奇朋克摇滚乐队 The Clash(碰撞)的主唱、吉他手以及创作者。
③ 丹尼斯·霍珀(Dennis Hopper,1936—2010),好莱坞电影演员、导演。
④ 维特罗斯(Waitrose),英国连锁超市,总部位于伯克郡布拉克内尔。

望这个世界知晓我正在做的事。我的头脑里总闪现层出不穷的想法。我必须在自己沸腾前释放一些蒸汽。我们艺术家就如同资本家,能借鉴一切,占为己有。

齐娜对我的赞美表示感谢,准备出门去南肯辛顿。

"你在外面吃午饭吗?"我问。

"今天不。"

"但愿今晚能见到埃迪。他会给我带玫瑰奶球和新电影。他知道我喜欢惊喜。"

"他尽挑那些晦涩难懂的。"

"最好是《钥孔痴汉》[①]。"

我抬起手去触摸她的脸庞。她等着我发颤的手和她的肌肤发生轻微的碰触。我想知道她会不会避开。她的确这么做了,只不过没那么唐突。

"齐娜,夜晚有人陪伴我们真好。所幸萨姆瑞和孩子们再过几周就来了,可以让你分散点注意力。我们得商量一下她的行程。"齐娜似乎是在朝我看,但我不确定她是否心不在焉。"我很怕你厌倦了我的抱怨和唠叨,是这样吗?齐娜,请回答我。"

[①] 《钥孔痴汉》(*Keyholes Are for Peeping*),桃乐丝·维斯曼导演的一部喜剧电影,1972年上映。故事讲述一个维修工冒充婚姻顾问给他的邻居们提供性咨询,这个好色之徒透过大楼里每户的钥孔暗暗窥视着邻居们的床笫之欢,而大家却未意识到他们最私密的时刻都成了这个能窥视整幢楼内住户的孤僻维修工眼中的盛宴。

"几个月前,我晕倒三次,整个人憔悴不堪。别忘了,你可是说我'病怏怏的'而且'满腹牢骚'。"

"我向你道歉。"

"奇怪的是,现在我很满足。你没注意到吗?"

"我的眼里只有你,我的齐娜。我希望你快乐。"

"真的吗?那谢谢你,沃尔多。我会尽力而为。"

我试图从她的脸上找寻答案,却徒劳无获。如果说多年后她又重新找回了神灵,而她内心深处的不满甚至是幸福喜悦,如今都隐藏起来了。

埃迪是我认识三十多年的老熟人,却算不上是朋友。每年我们会见上两三次面,一起喝酒或是吃饭,有时和朋友一起。他是个不错的陪伴,流里流气,好吃懒做,不劳而获,四处揩油,时刻准备着新的机遇。对于他人身上的古怪,甚至是疯狂,我一直报以欣赏的态度。他仰慕名人,满脑的荤段子张口就来,而任何与润滑的老二、阴道和屁股有关的故事我一向来者不拒,外加任何涉及隐私和癖好的内容。然而直至前不久,过去五年里我只断断续续地见过他几次。伦敦有太多像他这样的人,勉强度日,自生自灭。

每每谈及私事,埃迪总有点儿闪烁其词,轻描淡写,甚至油腔滑调。我从不完全相信他说的话。不过就我所知,他还在做电影记者,会去参加一些电影的放映活动和新闻发布会。我可以和他谈论任何电影而他通常会有一些有趣的见地。若是我想看部喜剧,这通常很有必要,他总会有好主意。我每天都会看上一部电影,有时两部。

称赞一个人一次,他就永远是你的人了。可惜,我觉得在埃迪身上我表错了情。那一阵子我准是处在心态极佳的阶段。六个月前他开始频繁造访。他或许是个蠢货但并不傻。他摇身一变成了研究我作品的专家,因为计划办一个作品回顾展并且受邀组织一场在国家电影院进行的演讲而特意登门拜访。这对我们双方都未尝不是个好机会。他在替我回忆过往,这让我甚为满意。

然而,至今为止也没有明确的迹象显示这个回顾展还有下文。埃迪空有才华却无所作为,终日忙于寻找我早期的电视电影,只播放过一次就再也不见踪影。我想让他帮我找到我在七十年代拍摄的有关艺术院校和流行音乐的电影;还有关于英格兰北部跳舞马拉松,伦敦南部的摩斯族①,和八十年代早期未加工的现场流行音乐影像。倘若它们能重见天日我会很高兴,但我并没有那么志在必得。我此生受到的崇拜已经足够,我的自身价值能否再攀上巅峰已经不重要了。我或许行将就木,但就在昨晚之前我仍相当快乐,已然将世俗的评价抛诸脑后。放下

---

① 二十世纪五十年代末期,英国时尚文化受国外多元文化影响,逐渐形成一种摩登时尚的亚文化,称 Mod。而被这种文化所浸透的年轻一代被称为 Mods,即摩斯族。

何尝不是一种解脱。

我试图理出头绪,却心乱如麻。这场背叛、深夜偷人、整个埃迪事件让我惊醒并占据了我所有的注意力。如果一切都是真的,可至今我都无法完全相信;毕竟,有谁愿意真的明晰他们所知道的事呢?

我必须集中精力。

今天我要尽可能多睡,好让自己在晚些时候能保持清醒。我打算继续跟进我的调查。昨晚他们若是尽了兴,那很有可能下一次他们会加倍地享受。情欲难道不是一种不断增长的饥渴,本身就会上瘾?他们越是沉浸在欢愉之中,就越是会放松警惕。这不是我们都期望的吗?要是受害者能找到法子来享受,那折磨这件事就失去其令人恐惧的意味了。

这儿的世界很小。我有一段日子没离开过这间公寓了。我们在乡下有房子但很少去。某天夜里,那会儿我还拄着拐杖正准备去花园里冥想打坐,却摔了一个跟头。我很重,而那些牡蛎、肉馅饼、夏令布丁、山羊奶酪还有开心果洋洋洒洒地散落在血腥玛丽、红酒、黄啤酒以及白兰地汇成的小河中,更加重了我的负担,齐娜没办法把我弄起来。我们不得不熬上几小时等救护车过来。我时常会想到我的死亡,它将以何种形式降临。但我可不想死在地上,连开口说话都费劲。我还一心盼望我的遗言能被编入选集。

门铃响了。这会儿是八点。

我们的毁灭天使终于登场了。夜晚正式开始。埃迪面带微笑地走进来，手里塞满了包裹，有电影、奶酪和巧克力，还有一束给齐娜的兰花。

"等我一会儿。我去换身衣服。"齐娜说。

埃迪和我看起了足球赛。我猜想他是在迁就我。他并不怎么热爱体育，觉得这些是给傻瓜们看的。不过他身上很难有能让人吃得准的地方。他想讨人欢喜罢了。

我半闭着眼，一小时后我醒来看见齐娜穿着一件真丝无领长袖从她房里缓缓走出来。过了一会儿他们开怀畅饮起来，我也一样。有一些不对劲。他和齐娜就面对面地坐在沙发上，却像两个青少年似的玩起了手机。

我调整了一下毡帽，呷了一口我放在斑马皮凳上的杯垫上的红酒。他们在相互发短信。我能看见她满脸春色，仰起头对着手机。她不断变换着姿势交叉双腿，直到拖鞋从脚上滑落，顿时，时间骤停，如同林间猛然出现一条巨蛇。我们同时向那只饱含深意的脚望去。我猜他想拾起那只拖鞋。

自恋成为我们的信仰。手中的自拍杆便是我们佩戴的十字架，何时何地都不离身。我缓缓地拿起我的，然后高高举起。

我拍下了脚和其他素材。我迫不及待，眼前的一切让我头晕目眩，快要沉溺在受虐狂的角色中无法自拔。痛苦是如此地有快感，而快感又是如此之痛。我确保自己格外安静和虚弱，并非是他们有所察觉。

我提出想上床睡觉。然后暗地里把吃下的药吐掉。反正也起不到作用,还不如给大象喂一粒阿司匹林。

埃迪扶我回房,然后把我抬上床。

枕头让人难受。他把它们调整到我舒服的位置。他的手指敏捷柔软,我嘀咕道:"为什么每次一看到电影里出现残废,就知道他将命不久矣?是因为他早就不堪一击了吗?"

"我会思考一下。"他边回答边关上了灯。"我等下有事做了。"

不同于往常的是她并没有进来吻我。

我躺在那儿准备好了认真听。今夜将会很有趣,有趣到致命。我的大脑可能会被痛苦的火焰吞噬,但我猜这对爱侣早已把我抛在了九霄云外。我变得无关紧要。他们在聚光灯下,而我渐渐淡出他们的视线。我成了自己电影里的配角。

一直以来齐娜都是忠诚的。她就是我一直寻寻觅觅想要的那个女人。为了我,她抛下了她的祖国,她的家人和丈夫。她曾说过即便我没有阴茎,她也依然会爱我。有那么一刻,我是不是真就相信了?有谁会不爱那玩意儿呢?

她的日子过得毫无生气,至少有七年的时间没有做爱了。我无论在哪方面都无法满足她。我猜,她会在电视机前,对着一幕幕浪漫的场景自慰。我希望她看的是简·奥斯丁。或许齐娜会喜欢我把舌头伸进她体内。我还能稍微来回摆弄几下。碰上倒霉的时候,我只能勉强抬起手臂,恰好印证了芝诺悖论①所阐释的运动是不可能的:人无法完成无限的运动。我能握住饮料,使用手机,转动轮椅,但我几乎扣不上睡衣最上面的那颗纽扣。我又有什么权利让自己贪得无厌,令人生畏呢?

我不能做个怨天尤人的家伙。六十年代那会儿我年少轻狂。到了七十年代变得愈发桀骜不驯,放荡不羁。那些荒唐的岁月里,触犯禁忌是不允许的,当一切一去不返,我们深信高潮才是灵丹妙药。那时的我拥有无限美好的时光,有一辆摩托车,和同居的女同性恋者住在加利福尼亚的嬉皮士公社里,彼此分享爱。那些不可思议的性爱让周遭一切都不复存在。

我曾经拥有性魅力,相貌英俊,身穿喇叭裤,戴着情爱珠②,肩膀很宽,一头浓黑的齐肩长发,还有你愿意掏钱去咬一口的屁股。如果你曾经引人注目,令人渴望,魅力无穷,拥有迷人的身体,就永远不会忘记这种感觉。聪明和勤奋弥补不了丑陋的外表。美才是唯一,它是钱买不到的,漂亮的人才真正享有权利。无论你的人生如何收场,你一辈子都是独家俱乐部的会员,永远同情那些不受眷

---

① 芝诺悖论(Zeno's paradox),古希腊数学家芝诺(Zeno of Elea)提出的一系列关于运动的不可分性的哲学悖论。芝诺为了捍卫老师巴门尼德关于"存在"不动、是一的学说,提出了著名的运动悖论和多悖论,以表明运动和多是不可能的。他曾经构造了四个悖论,试图证明人们在日常生活中看到的事物的运动只不过是假象,而真正的存在是岿然不动的。
② 二十世纪六七十年代西方嬉皮士所戴象征情爱的彩色珠串。

顾的人,比如埃迪这样的丑八怪。

我明白,最好对一切常规的事物敬而远之,贞洁不过是妄想之物。我努力让自己不受忠诚这种世俗的牵绊或是被传统观念的牢笼束缚。伦理道德是一种病态的暴力,良好品行是人生的绊脚石。我曾经并且依旧希望做一个享乐之徒,对萨德侯爵情有独钟,视其为精神引领者。无论受到何种阻挠与诱惑,我将坚持这一信条。

但与此同时我还领悟到越轨本身恰恰印证了其所蔑视的常规。没有什么比离经叛道更符合常理了。

我想说:唯有性。并且永远别独享,学会忍耐,让他人享受。进展能够冲破禁忌。然而无论多努力,你永远无法无视性爱的意义。女人对它的爱始终胜过男人。但困扰我的不是性而是爱。我终于意识到,我就是那种想要一心一意被人爱的傻瓜。

但并非从一开始就是这样。我被自己所误导:对男性主义的虚伪理想——不知从何而来,许是受了太多西方的影响?——让我觉得我必须上了所有的女人,甚至那些我没感觉的,倘若没成功便觉得很丢脸。瞧不起那些对我没兴趣的女人。认为没有女人是不可替代的,轻而易举就可以撩到下一个。并且在我心情不好的时候,以为性爱能够拯救我。

我还保有六十年代的感性。那会儿我们认为所有的好事都是理所当然的——平等、女权主义、反种族歧视、性少数派的自由——而且会延续下去。我们认为自己是开明，富有见识的。以为好的东西会惠及所有人。但人们并不想要。事实是，我们是人才，仅此而已。

此刻，我作好了按兵不动的准备，胡子上还沾有几滴口水，我躺下装作一副疲惫的模样，甚至为了方便他们打起了呼噜。好戏即将上演。我曾经做过演员，演过狂野的荷兰和德国另类戏剧——常常赤身裸体，有时候嗑了药，望穿星空——这便是人们口中我"事业"的开端。

我听到一些动静。他们已经开始了吗？我让自己平静下来。我选择接受；正如人们所说的，洗耳恭听。

我回想起和她一起的旅行，这世间万物，她是我的最爱。我想起我们品尝过的美酒佳肴，在卡普里岛、巴黎和博尔盖塞别墅的漫步，游历巴基斯坦的穆里，她阅读时我在她身旁午睡。我细细回忆她的温柔善良，她的轻柔爱抚。我想起在我觉得冷时，她给我拿来毛衣，还帮我擦屁股。

我很快便睡着了。

死了？不，比这更糟：还活着。

我醒来时，听见鸟鸣，眼前漆黑一片。

我望向这无尽的黑暗。一片静谧；而无声则是最有力的声音。我唯有呻吟叹息。就连这对爱侣都已经放弃了。一夜换来的只有一无所获和索然无味的睡眠。我一声叹息，费力地翻了个身。

清晨,鸟儿啼啭,电梯嗡嗡作响,埃迪早已不见踪影,还拿走了我的腌鱼、吐司和热咖啡给他暖身。生活回到正常的轨迹。我闭上眼,怀念起这一切。烟消云散。那个夜晚再也不会出现了。

"你看上去有些郁闷还有点暴躁,沃尔多。没事吧?"

"昨晚没睡好。"

"但愿今晚可以睡个好觉。"

一定会的。

第三章

我连接上了助听器。我就是如此严肃对待这件事的。此刻,正如人们所说,我准备放手一搏。

我告诉齐娜我想躺在床上听广播。我经常彻夜不关收音机,听着声音让我心安,这世界并非只有我孤单一人。

傍晚时分,埃迪像一个刚结束工作回家的丈夫,顺理成章地过来了。他特意带了一份小礼物给我,并在到来时彬彬有礼。我们看起了新闻,他听我讲述我的想法,尤其是一些独到的见解,接着明目张胆地鹦鹉学舌般模仿。我不知他是否感受到我的反感和猜忌。不过就算他能感觉到,也选择无视。气场正在逐渐转移。

齐娜梳妆打扮的过程就是一场忙乱。经过一系列繁琐的步骤,伴随着如同直升机降落在花园般的声响,她终于染好头发从卧室里出来,身着一袭粉色——几乎是艳粉色的长裙,脚踩高跟鞋,露出雪白的大腿。她有一个男同性恋友人,开了一间服装店,她大部分的衣服都来自那里。她总是衣着光鲜,喜欢被人欣赏——一种女人知道自己受人瞩目的满足感。

我准备放一部我们之前讨论过的电影。可她却说:"待会儿见,沃尔多。"

"嗯,再见。"埃迪附和道。他抓起外套,系上围巾,说:"我们去吃点东西,不会太久。"

这两个家伙。他们就这样走了。

我立马冲到窗边,透过望远镜看着他们走上街头。她会在他们拐过街角时挽起他的手臂吗?

我要是狗,便会狂吠不停。我被抛下和电视机里只露个脑袋的疯子在一起。

要把一切都能想通终归是痴心妄想,我沉浸在自己魔术师般的想象中,一边坐在这里一口一口地把芒果冰激凌送进嘴里,一边认真思索起这幅场景。我玩起了角色扮演并负责配音。我知道他们去的那家当地餐馆。来自罗马的店主卡洛是我的熟人。饭店入口处还悬挂着一张我和卡洛的合照,左右两边分别还挂着他和迈克尔·温纳①以及肖恩·康纳利的合影。

"夫人,大师今晚怎么没来?"

"沃尔多的情况恐怕不容乐观,卡洛。他的身体每况愈下,想法变得越来越不切实际。他以为自己在威尼斯。"

"在达涅利酒店②?"

我听到她轻捋头发时手镯叮当作响。

"还有哪里能比在阳台上享用早餐更好呢?那可是全世界他最爱的地方。一想到要失去他,我真是难过极了。请别让我说下去,我的眼泪都要流出来了。让我来给你介绍我们亲爱的朋友,埃迪,他和沃尔多十分亲近。"

"我是一个纪录片导演、馆长、记者和收藏家。"埃迪自我介绍道。

"还是一名讲师。"齐娜补充道。

"晚上好,先生。欢迎您。来一杯普罗塞克吗?还是香槟?我会让彼得罗向您介绍我们这儿的特色。夫人,我觉得我们的千层面会让您惊喜的。我知道您喜欢杏仁。"

"你总能带给我惊喜,卡洛。"

就这样,和梦寐以求的女人一起,在餐桌上开启了美滋滋的生活:高级餐巾、冰上的黄油、餐具、甜瓜、海鲈鱼和土豆泥、草莓冰

---

① 迈克尔·温纳(Michael Winner,1935—2013),英国导演、编剧、演员、作家。
② 达涅利酒店(Hotel Danieli),意大利威尼斯的五星级酒店,由丹多洛家族建于十四世纪末。

沙或是夏令布丁,以及双份浓缩的——爱。

要是让彼得罗或者卡洛撞见他们在桌上相互交缠的手指,我定会恼羞成怒,杀气腾腾。

焦躁的情绪让我无心看电影和比赛。我摇着轮椅去往客厅的另一端,将窗帘拽到一边,占据我王国的至高处。我双目赤红使劲贴着望远镜,能够一眼看到街对面。我像是一只停靠在窗玻璃上的胖苍蝇,坐在这里勘察马路对面那奇幻的世界。尽管我十分空虚寂寞,不过待在这里窥视人们看电视,孩子们对着屏幕让我分神。像往常一样,我抿了一小口酸奶和旁边的伏特加,然后将含糊不清和脱口而出的想法录进手机里。从嘴里说出的现实更显得赤裸。

身处这智慧的宫殿中,我拍下陌生人的照片和录像。记录下幸福的叹息和朵朵浮云。任何看上去毫无希望的东西。

如今我几乎瘫痪在床,奄奄一息,我无法说人生究竟有何意趣。那些身处亮着灯火的小隔间里的邻居们引人注目。晚餐聚会比战争更有吸引力,一直是来个特写的好时机。但是独缺性爱。性爱在这儿,真真切切地在我身后上演。

多么令人感叹,人们让你所见如此之多,却只有如此之少的人对他们可以随心所欲地来来去去心怀感恩。

对面公寓里正在享用晚餐的情侣似乎在发呆,他们手中的叉子悬在了半空。我轻轻拍了拍手表,它肯定快要爆炸了,因为我的血压直往上蹿。埃迪和齐娜能吃得下多少东西?我的妻子和我的朋友已经出门很久了。嘴上的前戏。他们将深入了解彼此。很快便是欢乐时光。一夜欢爱等待着他,眼前是无尽的欲望,埃迪的老二会提前抽搐起来。

但愿他们的食物和红酒价格不菲。现在钱对于我而言还有什么意义?我已然无所谓,希望他们能肆意挥霍,尽情享受。当你已无力掌控时,得学会放手。

几个小时过去了,钥匙开动了门锁。他们回来了。

埃迪看起了新闻,而她则在卧房里。我喜欢女人能从自己身上寻觅快乐。齐娜是金牛座,而在我看来金牛座的人把身体视为教堂。一旦她爱上了我的身体,便会敬畏——但也同时憎恨——自己的身体,女人们往往如此。

她过来查看我时,我假装昏昏欲睡的样子。她穿着睡袍。我深吸一口气:她的手腕和喉咙处飘来一股清新的香水味。我难以抗拒:在她来回走动时我伸长脖子,触到一丝内衣。我心醉神迷:窥见了肩带和内衣扣。

我以最为恭敬的方式提着她满是红色羽毛的拖鞋。我喜欢女人看上去像是正好踩在鹦鹉身上浑身上下沾满羽毛。我就是这种男人。只不过那些鞋子不是为我准备的。

"我不会太久。"她对埃迪说。

她不会太久。

每一个人都是难以琢磨的。我不得不问自己是否还爱她。我当然爱。爱情不像水龙头那样你想关就关。爱越难，情越深。难道不是吗？你很难意识到你有多需要一个人。而一旦你意识到，便有了烦恼。猜忌怀疑正让我感觉自己是个傻瓜。而每个男人都在努力奋斗好让自己看上去不像个笨蛋。

是她让我第一次感受到我娶了我想要娶的人。我们彼此相互了解。她喜欢我坐在她脸上，直到她无法呼吸；她喜爱长时间吸吮我的老二。第一次，我用指尖摩挲她的屁股和下体边缘，同时用充满磁性的嗓音细数她的美，她难掩羞涩却甚是欢喜。只有欣然接受反感，才能真正喜欢做爱。

而有一天，多么不可思议——一觉醒来，你发现你爱的人变成陌生人，并且爱上了另一个陌生人——这一切是多么俗套，震惊，又是何等令人宽慰。

我要让她回心转意。我喜欢她，也需要一个能让其他男人艳羡的女人。即便在当下，女人依旧是一件终极奢侈品；堪比一颗钻石、一辆劳斯莱斯，或是你客厅里的莱昂纳多[①]。

如果我的怀疑是对的，我会像穿梭在石头间的蛇，神不知鬼不觉地行动。看我将那个贼人拿下。其他暂且不论，我要先为我的疯狂、盲目和不举狠狠痛击他。

接着我会在他嘴里撒尿，然后用他的头擦干净我的屁股。

[①] 指莱昂纳多·迪卡普里奥（Leonardo DiCaprio）。

第四章

埃迪是那种你在各种电影放映活动、电影节开幕式、派对和晚宴上都能见到身影的苏活人物。置身于这些喧嚣场合令他十分满足,酒会和餐前小食他总是第一个到场。打扮时髦,彬彬有礼,察言观色,他会绞尽脑汁想方设法地吸引你,即使其貌不扬,闭着眼也能暗送秋波。我听闻他少年时期长相不丑。一个文弱男孩戴着厚厚的眼镜,有着红润的嘴巴和小天使的屁股,迫切地想要取悦别人。传言说他很招恋童癖。

他常常因为焦虑而出汗,满身酒气,一股酒吧味儿。这个早熟的男生,头发稀疏,头皮清晰可见,戴着廉价的手表。在他接近你的过程中,总难免经历一些悲惨遭遇,要么是跟他的钱包、火车、需要换洗的衣裤有关,要么是惹上一两个女人。我不青睐长相丑陋之人,他们无法博得我的同情。在权利这件事上,他们永远处于弱势。埃迪要是模样俊美,我们就不会有现在的问题了。

不过,他倒是拍过三部纪录片,编了几本书,为一些电影杂志撰稿,参加过一些会议,还在某个地方任教。这些都令我极其不满。我想他可能还在酒吧唱歌,穿着白色夹克,这同样不可饶恕。他们说他能讲一口地道的法语,他的嗓音透着一股公立学校的堕落以及更衣室里的颓废。

齐娜很开心,她喝醉了,眼神迷离。但她还是给我带来了咖啡,帮我清洗和更衣。其间她还聊起了卡洛,告诉我菜单上有些什么,谁在那里,还有他们穿着如何过于讲究。

她心不在焉。我能看出来。她称呼我"达达",没关系,也许只是我想象的。她有心事。她即将坠入爱河,一切对她而言都是新鲜,未曾体验过的,整个世界变得充满意义。

我躺下。一动不动:将死未死。我在听。我关掉广播,收听另一部剧。我的助听器带给我光明。这个世界的声音出奇的响亮。我能听见人们在巴黎用餐,在丹麦翻书,在罗马做爱,在马德里歌唱。

今晚,在等待中,我就是一台开启了接收器的收音机。

我想起齐娜有多喜欢议论报纸上关于第三世界国家的老女人找小情人或是"小白脸"的八卦;那些穷途末路的男人不过是为了

哄骗她们结婚。"她们怎么会那么容易上当受骗?"她想不明白。我觉得这个话题在恰当的时候可以抛出来。

灯光变得昏暗。他们放起悦耳的音乐。我猜他们正在跳舞。他们是否紧贴着彼此,将手指探进对方的衣服里?他们已然欲火焚身。挑逗才是最为无与伦比的。

已经开始了。是的,我全能听见。她的样子在我眼前浮现,她的身姿、肤色和协调性。我假装他的嘴是我的。

他们转移到了卧房。我神经紧绷,但能听到的却更少了。这一幕持续了很久,声音越来越响。我知道他是一头饥渴的小野兽,正在干我的妻子。在他这个令人羡慕的年纪,他或许缺钱,但不缺的是欢爽。这一定就是为什么撇去他的样貌和人品不说,女人都为之倾倒的原因。他是个理想的人选:每个女人都需要一个男人来拯救。

你会发现我这样的男人正努力让自己变得宽容大方,善解人意。我知道爱情对任何人来说都是美好的。性欲这台发动机不断工作再工作,重燃人们对生活的激情。和她结婚的那一刻起我就让她成了寡妇。

我的确说过"等我不在了,希望你找到一个有钱人,他有迷人的老二,能伺候好你",但却想当然地认为我死后她会第一个发疯,用碎玻璃瓶割腕,并狠狠地撕扯自己的头发。

我知道我走后她会有自己的生活,我怎能如此残忍地希望她陷入无止境的哀伤中去呢？没有必要。倒不是说她从未在爱情的挣扎里悲叹过"你是我唯一想拥有的男人，你让我觉得完整"。

那时我在孟买拍电影遇见齐娜和她丈夫，我难道没意识到在历经无数妻子、情人、合适的和不合适的人之后，这场寻寻觅觅到此结束，她便是我最终的归宿。在我看来，我和任何一个女人在一起都从未开心过，直到她的出现。她成全了我，成为我的母亲、爱人、姐姐和朋友。

她当时在为我的电影工作，负责服装的剪裁和缝纫。没人觉得她抛弃自己优秀的另一半转而投向一个即将不幸步入老年埃尔维斯行列的野男人会是个好主意。

第一个月过后，她亲自动手修剪我一头散乱的头发，并监督我每天洗澡。到了晚上她检查我的钱，掏空我的口袋，扔光我的可卡因——她此前从未见过——即便我发誓已经戒了。有谁觉得寻欢作乐能带来快乐？毒品给了我一种勇敢的假象，却阻止我去冒险。我为此付出的代价是日积月累的愤怒；你无法欺骗现实。

我既不是斯达汉诺夫也不是奥勃洛莫夫[①]。我过着深居简出的生活，变得自卑，深信旁人能看出无论我曾经拥有过什么，我始

[①] 阿列克塞·斯达汉诺夫（Alexey Grigoryevich Stakhanov, 1906—1977），苏联采煤工人，一九三五年八月三十一日在一班工作时间内采煤一百零二吨，超过普通采煤定额十三倍。奥勃洛莫夫（Oblomov），俄国作家冈察洛夫的同名小说中的主人公，一个昏庸懒惰的地主。

终无法让自己快乐。我努力工作也努力让自己颓废,我曾终日烂醉如泥,酩酊大醉,语无伦次,过量嗑药,极度迷醉。和大多数人一样,我需要每天做爱——无论和谁。我的性欲太过旺盛,无处消耗自己的精力。

齐娜了解我的全部,她爱我的气息和味道,我的体型,我的阳刚之气。她赶跑过毒品贩子、女人、娼妓、骗吃骗喝之人、赖着几星期不走的流浪汉和陌生人。她亲历我戒毒时的痛苦,没有松开我的手。她不准我吃冰激凌;我放弃了吉尼斯啤酒改喝起了红酒。享受并非易事。她让我没那么愚蠢:我学会在不让自己癫狂的状态下拥有快乐。她帮我发现自己的才华,并且不让它埋没。我最终成为一个睿智的享乐主义者。

工作总让人偏离生活的轨道,而我恋爱了。在乡下,我们养了许多动物。我们一同散步,躺在床上,夜晚聆听音乐,轮流播放唱片。她喜爱歌舞剧音乐和波萨诺伐舞曲,后来又开始欣赏起柯蒂斯·梅菲尔德①。我们在一起翩翩起舞。

我担心知足常乐会毁了我的艺术生命。我会失去我的优势,没了脾气,不再争强好胜,言辞犀利。我在别人身上看到过。比起娱乐大众,我有更重要的事要做。但和齐娜在一起是我必须要进

---

① 柯蒂斯·梅菲尔德(Curtis Mayfield,1942—1999),美国创作型歌手、吉他手、音乐制作人,曾与杰里·巴特勒在五十年代后期组了一个名为 The Impressions(印象)的灵魂乐团。

行的尝试。一直以来我把自己保护得太好,以致我从未拥有过刻骨铭心、让人辗转反侧,抑或是心跳加速的情感经历。我很想知道,最终,我能和一个女人走到哪一步。我可以多亲近另一个人,尽管我们依旧是独立的个体。我想要彻底地迷失自我,依赖于他人。我希望她能改变我。

还有一件怪事:从一开始齐娜就不让我留在她身边过夜。是她发觉我的魅力不够吗?还是我打鼾,出汗或是脏话比常人多?

她有一个神灵。她的阿姨在她身上施了巫术。

作为神秘学迷,我曾坚持要亲眼目睹神灵的工作。这确实是黑暗的时刻。我从不知道有人会遭受如此噩梦。她会大喊大叫,常常踹我或是打我。她会失声痛哭说她就快要死了,更确切地说是被谋杀。我寸步不离地守在她身边。她得到慰藉,不再感到羞愧。我从未嫌弃过她身上任何一点,我总是这样告诉她。

为了表示我们的真诚,我和齐娜结婚了。我想成为一个丈夫,但与此同时也成了继父。我得照顾她一对双胞胎女儿,她们不好管教,内心总偏袒她们温顺的父亲。她们从小接受教育要恭敬礼貌,但我绑架了她们的母亲,她心甘情愿,这相当于连同绑架了她们,她们心不甘情不愿。我的血泪教训让我明白成为继父母简直就是一场灾难:多少的仇恨和羞辱都得咽下去。这些孩子和我没有血缘关系,但她们的父亲是个好人,她们比我拍过的任何一部电影都要难对付。有时候她们的蛮横无理让人难以忍受。只要可以,我们就会把她们送去她们的父亲那里。当我发现自己希望她们永远不要出现时,就去接受了治疗。我相信在这些孩子把我逼成一个我无法忍受的怪物时,甚至作好了放弃她们母亲的准备。

我采纳了好的建议,于是挺了过来。深爱一个女人所带来的成就感于我而言比任何事都更有意义。

最终,我们把孩子们安顿在美国的大学里,一切费用由我来支付。我陪同其中一个女孩熬过了在精神康复中心的时期。如今她们都生活得不错。贾斯敏在酒店上班。萨姆瑞让我想起了我自己:一个懒散成性、邋里邋遢、言辞恶毒的青少年,拒绝大部分的教育,成了一个素食者和荡妇,从好几个贵族学校里失踪。我从警察局里捞出过她两次。我们差一点就失去她了。将近三十岁时,她突然动力大增,立志要成为医生。于是她静下心来,潜心学习。她成了一名敬业的妇科医生,在洛杉矶给那些穷困可怜的女人看病。我们逐渐对彼此有了好感。两个女孩都随了我的姓,她们让我开怀大笑。我无比骄傲地成为这个家庭里的一家之长。

过去十年里,我的身体开始不济,日渐衰退,我变得虚弱无力。可卡因毁掉了我的心脏。我装了血管支架。身上还有众多毛病:糖尿病、前列腺癌、胃溃疡、早期多发性硬化、便秘、腹泻、只有一边胯骨是好的、咳嗽、恐惧症、滥用药物、强迫症和抑郁症。除此之外我状态良好。齐娜负责照料我。这是她的责任,也是出于爱。

一切到现在戛然而止:有太多含糊不清的窃窃私语和打情骂

俏,直到最终几近无声。

他将她的心一点点融化。很快他们会尝试做一些以前没做过的事,分享彼此的秘密、歌曲和亲吻,交换首饰,发掘对方的喜好和厌恶,成为一对,彼此不可或缺的一部分。

我能零零碎碎捕捉到一些,但听不完全。我需要找到一个比这更好的方法来获悉细节。

然后,如果这场背叛是真的,相信我:我会干一些蠢事。

第五章

醒来不动时我依旧觉得自己是个朝气蓬勃的年轻人。不过，我决定要作出抉择。要有所行动。必须有所作为。我不会投降。我们应该出去走走。或许会有转机。

我不喜欢乡村；厌恶郊区；城市让人烦恼。我生活在一个狭小的世界里。没什么可失去的。最近我和齐娜去了西肯辛顿一日游，十分愉快：塔尔加斯路①便是我们的66号公路②。我们讨论过

---

① 塔尔加斯路(Talgarth Road)，位于哈默史密斯-富勒姆区的双车道公路，从伦敦西区通往希斯罗机场。
② 66号公路(Route 66)，被美国人亲切地唤作"母亲之路"，从伊利诺伊州芝加哥一路横穿到加利福尼亚州圣莫尼卡，全长三千九百三十九公里。

去体验阿克顿①的狂欢,这个地方于我而言和利比里亚一样充满异域情调。格雷厄姆·格林②也许会在那儿开个狂欢会。

接下来的几个星期,我们还有接连两场社交活动,之后便是出国旅游。齐娜和我商量后决定参加。这里太封闭了。我们需要更丰富的人生。

衰老这件事并不适用于女人。尽管我行动不便,齐娜和我依旧狂欢作乐。这是一种付出;我这么做是为了她,因为她快乐我便快乐。她热衷参加派对和开幕活动。她有些天真地认为这些活动极富吸引力,每天各种邀请纷至沓来,她都欣然受邀。她回复邀请,并安排车辆把我们送去那里,然后检查那边的设施情况。护士会帮我洗漱,穿戴整齐,然后我会驾着我的"战车"前往。老朋友们纷纷上前握住我的手,蹲在我身旁,听我诉说我的坏消息,然后告诉我他们的。

吃午饭的时候,她把一个"硬邦邦的玩意儿"——一个硬信封——放到一边。

"这原本是个好的机会。"

"我们得走了,齐娜。我根本无事可做——"

她说:"上个月有三场你好朋友的葬礼,还有两场悼念仪式。

---

① 阿克顿(Acton),英国伦敦西部的一个地区。
② 格雷厄姆·格林(Graham Greene, 1904—1991),英国作家、编剧、文学评论家,被誉为诺贝尔文学奖无冕之王。

并目睹了临终一幕。"

"我忽视了你。那些过世的人都是自私鬼。让我们一起面对——"

她说："我想埃迪应该可以帮上我们。"

"埃迪·沃伯顿？"

"他比你所了解的更善良。"

"在哪方面？"

"他帮你把脖子后面脓疱里的脓水挤出来，我都不敢碰那里，还请了两天假带你去看医生。他好过任何帮手，从不抱怨。他还帮你洗澡。"

她说得没错。可不是经常有影评家会抚弄你的睾丸。我浑身赤裸，张开身体坐在凳子上，任他用一条法兰绒毛巾擦拭我破败不堪的身体。我对他不得不触碰我很是同情，但他并不畏惧。我太了解羞耻是怎么一回事，可他让我找不到尴尬的理由。他帮我穿好衣服并把我弄上床：真是个累人的活儿。

"埃迪有一套打领结的技巧。你不能总穿着那件印着弗兰克·扎帕①的破T恤。那些沾满污渍的短裤该扔垃圾桶了。你的

---

① 弗兰克·扎帕（Frank Vincent Zappa，1940—1993），美国作曲家、摇滚音乐人、吉他手、唱片制作人、电影导演。

巴拉克拉法帽①让邻居们把你当作恐怖分子。你知道我爱你的一头银发,沃尔多。你应该秀出来。

"不管怎么说,你喜欢他的陪伴:我听到你开怀大笑,要么,是因为他拿给你的大麻把肺都要咳出来了。请他来的人是你——不是我。你鼓励他开展他的项目,还让他留下来过夜。"

就连我都对自己感到不胜其烦。有必要让她从我这儿得到些宽慰。

我说:"让我们这样想。我大部分的同伴和友人都过世了,还有很多朋友自从我不再是个有作为的艺术家开始便渐行渐远,因为我在他们眼中没有了利用价值。可若是安妮塔有空的话,为什么不让她来呢?人们可是会争相从背后撕开她的衣服。"

"那样还会有人看我吗?我会感觉被比了下去。你难道还没看够她吗?她多久才打一次电话来?"

齐娜决定带埃迪去购物。一旦重新打扮一番,或是"下点工夫"②,他会看上去更像样。

"像刀子一样吗?"

他们是动真格的。对这颗烂谷子③的形象改造花了几个下午

---

① 巴拉克拉法帽(Balaclava),一种几乎完全围住头和脖子的羊毛兜帽,仅露双眼,有的也露鼻子。
② 原文为 sharpen up,直译为"使刀更锋利,尖锐"。
③ 原文为 mildewed ear,出处为莎士比亚《哈姆雷特》。

的时间。我承认,要做的事有很多。

他们搭着出租车在伦敦转来转去。

最后埃迪终于准备好了。我们开了一瓶酒。他在我们面前展示了一套非常合身的高级西装,不同于他之前的那些衣服。还有一件新雨衣、几件夹克和一个斜挎在他瘦弱的胸前的皮包。我打量着他的头发,像鸟儿的翅膀那般耀眼,乌黑锃亮,出自我的马其顿理发师之手,但愿是第一次,也是最后一次。

最终我把目光向下移去——胃里一阵翻江倒海——发觉他正穿着我的意大利鳄鱼皮拖鞋。恐怕连鳄鱼也会害臊吧。

"怎么样,不错吧?"

齐娜很为他骄傲,这个可笑的男人焕然一新,镶着一口新牙,一脸难为情的样子,甚至有些扭怩。像一个吹长笛的男孩手捧音乐证书,妈妈在一旁轻拍他的脑袋。

"埃迪,那不是我的鞋吗?"

齐娜说:"沃尔多,你不会再穿了,而他穿着正合适。原本要把它们和你那些不再需要的东西一起要送去慈善商店了。"

埃迪添了一句:"勤俭节约,吃穿不缺。我们在那儿省下不少钱。"

要不是这个讨厌的家伙的改头换面全是由我埋单的话,听到这话我可真要大吃一惊了。没有迹象表明他作出过任何贡献,或是他有任何独立性可言。让我费解的是他就这样任由自己受人恩惠。他的尊严哪去了？

他对着镜子左照右照，一副神气活现的样子，并试图用一些有关电影、导演和演员的谣言八卦来转移我的注意力。

齐娜给自己买了一条阿尔及利亚披肩和几条漂亮裙子，好让自己"心情好转"，还购置了几件家具和地毯。我不得不承认，这个地方破旧不堪。我们都视而不见。好几个抽屉都坏了；冰箱的门不能完全关上；浴室成了一个危险地带。我试着从不低头往下看，因为地毯上污渍斑斑，还可能有什么动物死在上面。

此刻，埃迪和齐娜重获新生，我们准备出发去参加各种晚宴和派对。不用说，他陪在我们左右。

"以防万一。"按照她的说法。

当你坐在轮椅上，人们才真正居高临下地看你。我们外出时，埃迪便起到了作用。他永远在我身后推着我走，面露微笑，必要时赶走蠢货。他能记住人脸，每当有老朋友走进，对于他们是谁，做过什么，我大脑完全一片空白时，他知道怎么在我耳边低声嘱咐。

我们飞去了西班牙几天。我在那里穿着橘色长袍，头戴一顶松软的帽子，热得要死。浸淫在千篇一律的陈词滥调中，我收获了一个终身成就奖，显然是为了彰显对我的仁慈，但兴奋和高潮转瞬即逝。齐娜推着我走向舞台，在她代表我致感谢词的时候，我微笑着向人们挥手致意，激动落泪。即便到了这把岁数，我也瞧不起这种名望。

几天后,轮到了重大活动,我只能如此形容。我最后的绕场庆祝。我们去了戛纳。曾经,我身为评委会主席,有专门配备的汽车、司机,还有两名摩托车警卫吸引无数闪光灯。我像国王一样昂首阔步穿过熙熙攘攘的人群和摄影师。

我被推向那形状似嘴唇噘起的舞台,来到中央,台上星光熠熠,和年轻的花花公子们一起,接受人们长时间的起立鼓掌。埃迪在一旁帮忙——的确需要很多次用力推,拉,提——他始终跟在我们身后。他在我身旁时没人会冷落他,或是拒接他的电话。他们不得不和他握手,午餐时坐在他身边,听他冗长地描述自己的项目并受邀参与投资。照片里也出现了他的身影,他在递给我手帕让我擦拭眼泪。我流泪就如同别人射精那般容易。这能给人留下好印象。

在毫无必要的嘘长问短之后,这对情侣把我留在酒店看一些糟糕至极的电影,然后急不可耐地拿着我的邀请奔赴派对。我听闻在一场聚会中埃迪受到和我一样的待遇!他们谈天说地,翩翩起舞,纵情狂欢,直到双脚挪不动步子,沿着海边悠闲地散步来舒缓一下灼痛的脚掌。

她一大清早回到我们卡尔顿酒店的套房。我仍在半梦半醒中,但还是忍不住问她:"你去哪儿了?"

"对不起亲爱的,我回来晚了。我听到一些话,都是闲话,因此耽搁了很久。当然,我不会让你知道的。不值得你去听。至少不是这次。"

"你知道你会告诉我的,宝贝。不过,无所谓,我喜欢你捉弄我。"

回到伦敦之后,我经过一番苦思冥想,开始制作我的语音日记。我变得更加坚决。埃迪对自己过分自信了。我要和他摊牌,开始我的圣战。从我妻子开始——到我当下的热情款待。世界有一点儿倾斜。所有一切都不尽人意。

我整个职业生涯都在和制片人、公关人士、明星和蠢蛋打交道。其中有些人我能摆平,有一些我需要给他们点厉害瞧瞧。还有一些则是一场长期的较量。

他和我将有一场对话。我会等到她出门购物,他单独在这里的时候。我要让他好看。

一天下午,这个时刻来临了。我坐在椅子上,握紧我无力的双拳,看着他整理DVD。我知道我必须行动起来。

我很诧异他是如何在全然不理会我的情况下融入这里的生活的,仿佛他没有在我眼皮底下舔食她做的甜美蜗牛,脚上还穿着我的鞋子。他甚至吹起了口哨——我能看到他的嘴唇在抽动——这绝对是个错误信号。可惜,对于我们普通人来说,堕落是有底线的。我穷极一生去做一个随心所欲之人。我依旧希望自己能更加特立独行。

"那么,埃迪……"他的一举一动都像是抽在我身上的鞭子。他转过身来。"和我说说——"

"你说什么?抱歉,沃尔多,我给你拿点喝的好吗?你知道你的眼镜哪儿去了吗?"

"不知道。"

"就挂在你脖子上,亲爱的朋友。你需要去厕所吗?"

"不需要。不过你或许需要。"

即便他有心思,也是在别处。我让他播放《手忙脚乱》①,并坚持用我那六十年代的喇叭听上两遍。我热血沸腾,血脉偾张,直至发觉我最后悔的就是心肠还不够狠。

"这是安妮塔最喜欢的歌。"我解释道。

"她要过来吗?"

"你想见她吗?我可以安排你们见面。"

"那拜托了,沃尔多,你知道我会开心得晕过去。不过你总是不让我见她。你是在寻我开心吧,先生。"

我说:"埃迪,你如今在这儿——在我的公寓里——大部分时候,不过我对你不怎么了解。我们已经有一阵子没聊天了。你目前是已婚吗?"

---

① 《手忙脚乱》(*Helter Skelter*),由保罗·麦卡特尼创作,收录于英国摇滚乐队 The Beatles(披头士)1968年专辑《披头士》。这首歌中麦卡特尼有意竭力制造喧闹的声音,被认为对之后摇滚乐的发展产生了深远影响。

"现在并不完全算是。"

"你有爱人?"

他回答:"我快撑不住了,沃尔多。我的日子很不好过,老兄。麻烦缠身。您负有声望,被尊为大师。再不济,总能从这里或是那里搞到几百英镑。要是幸运的话……"

"提醒我一下你有几个孩子。"

"我有时也会记不清。五个,有两个还在上学,一个在念大学。一个是残疾,她长不大,需要长期的悉心照料。这场不幸让我一生都心力交瘁。"

"我很难过。"

"您或许还有印象,他们是三个母亲所生,她们追着我讨抚养费、学费,还有更多的费用,我根本负担不起。"

"这难道不是你的责任吗,埃迪?我们都必须努力做一个正直的人。你在我身上可以看到,我每天都在维持体面。"

"您总是万无一失,大师。您知道我有几个还没成型的计划。但我不可能一夜暴富。况且……"

他看上去十分紧张不安。

他凑近我。出于好意也为了显示学问,他高谈阔论起了他的新"信仰":事事变化无常,工作量、社会保障和福利的匮乏。我们创造了一个满是亿万富翁和穷光蛋的世界。他告诉我金钱是魔鬼,富裕阶层利用债务来掌控人口。吃人的资本主义,民主的空洞化,狂热的新自由主义的异化、商业化和愚昧;金钱的病毒,以及穷人是如何拼死拼活地挽救富裕阶层——他为我一一详述这些。

"我对你的未来有个设想。"我打断他。"离经叛道是新的常态,而创业成了欺骗人的新名词。政客、艺人、律师——监狱里满是这些最受人尊敬的人。埃迪,我能给你个建议去亲身体验一下犯罪吗,尽管是无准备的犯罪? 你怎么舍得不去尝试呢?"

"很有意思,沃尔多。难怪女王将大英帝国司令勋章别在您的胸前。我倒是很意外您没被授予爵位。您年纪轻轻就有卓越成就,成了统治阶级,对吧?"

他继续说道:"您、您的朋友以及和您同时代的人是天赋异禀的一群。但要是觉得全世界所有人都像您这样就未免太可笑了。您不是左翼分子吗? 还是毛派? 您难道没在清晨五点和那些激进分子一起站在工厂大门外卖革命报刊?"

我竖起手指不让他继续说下去。"埃迪,我不过是一个追求生活品质的普通百姓,自命不凡,但接地气。我和齐娜说过让她将我身体剩余的部分穿金戴银扔进贫民的坟墓里。话说回来,你住在什么样的地方?"

"我还住在苏活区一间破旧的单人间里。大厅那头的卫生间窗户是坏的。房东是个野蛮人,任何时候想来就来,拿走他看中的东西。所幸一个朋友正在帮我找更好的住处。要是我手头上能有一千付押金的话就够了。"

人类有二重和三重属性。但有一点我能够确定,正如任何一部**黑色**电影里所阐明的,他们最想要的就是钱。从这一点上来说,他们是完全可靠的。

我说:"你在试探我,埃迪。"

"我会走的。"

"我希望你能安定下来,不然我会担心的。"

他看着我。"您说什么呢?我会把钱还上的。"

"别一副盛气凌人的样子。"

"我可不敢,先生。"

我说:"让齐娜给你一千。我和女王一样,身上从不带钱。另外别忘了,埃迪,你若是有什么想说的,可以来找我。我可是有双大耳朵。"

齐娜回来时他急忙热情地跑到她身旁。他们走去了厨房。没过多久我便瞧见她把现金塞给了他。

然而我却不由地笑出声来。我原本打的算盘是将埃迪抽筋剥皮然后拿去喂大厅里那头尖叫的猪。可到头来我却被这个花言巧语的家伙哄骗走了面包。弥尔顿在《失乐园》中所指的"恶魔的引擎"。埃迪就是那个马达,在我的客厅里轰鸣。

我知道放声大笑对我不好。我会大便失禁或是中风。我变得如此弱不禁风;埃迪是怎么用唤醒良知这一招来和这个老奸巨猾的老狐狸纠缠不清!尽管我努力站在尼采的高度,但这个王八蛋瞬间把我融化,就像喷枪下的冰激凌。

我可能是个傻瓜——你会意识到我本性中有太多的愚蠢——但我为自己买来了片刻的快乐。我这个小丑让他俩都高兴了起来。

齐娜看上去很愉悦,埃迪将一叠钞票偷偷塞进口袋,咧着嘴笑——没有太夸张——为我荒唐可笑的慷慨解囊。

她觉得我终于明事理了。事情正朝着她希望的方向发展。

然后,奇怪的事发生了。

第六章

你猜怎么着？钱到手后他便消失了。一天过去了，接着是下一天，又一天。她在等待；就连我也在等。她愣愣地盯着大门和电话看，来来回回走来走去，一会儿把东西拿起来，看两眼，接着又放回去。可这个浑蛋还是没有现身。

沉醉在爱情世界里的她急着往外跑。而我，如同上帝一般，无所不晓。换句话说，我在手机上追踪着她的一举一动。回到家时她浑身湿透，疲惫不堪，为了找寻他，她跑遍了所有我肯定她之前从未去过的地方：酒吧、俱乐部、深入苏活和各个电影杂志的办公场所。

醒来时我满心期待自己是被爱着的，然后想起来并非如此。

她早晨不到我这儿来了,更别说亲吻我。她情绪焦虑,夜不能寐,心痛到"像被钳子夹住似的",需要去做心电图。她多半会先我而去;她常常这么想。她的偏头痛严重到如同铁锤敲打,这让她禁不住想自我了断。她卧床不起,呕吐,啜泣。我设法拿起一个脸盆并给她端着,虚弱的手臂止不住颤抖,我细细地观察她乌黑的头发,只要能够便想要去亲吻她的发丝。她的孤独和焦躁让我心寒,我坐在她身旁,打起瞌睡。

一直到我松懈下来,我才意识到和一个陌生人在一起生活,神经是如何紧绷着,特别是那人还吮吸你妻子的乳头,啃咬那一圈漂亮的乳晕。

"他一去不回了吗?"

"我不知道。"

我说:"亲爱的,这么久以来这是第一次就我们两个人。要是腿脚方便的话,我想要舒展一下。要是手臂能动的话,我会扯掉上衣,狠狠地捶胸。你能帮我一个忙吗? 就一下,宝贝。你能让我看看你吗?"

她有着传承的保守,甚至有一点苛刻,但在我的引导下她变得性感起来。她曾被她的继父和叔叔爱抚过。她从没体验过高潮,即使是自慰。她的丈夫从不触摸她的阴部,也不吸吮她或是把自己的老二供她欣赏。她尝试着降低自己的性欲,退回到平常甚至荒谬的地步,因为有人成功地做到了。"这有什么大不了的?"她说。"大多数人没有或者只有极少的性,甚至是爱。我们就不能忘了这回事。"

这是对欲望的羞辱。我们在一起吸食大麻,做一些从未做过的事。性爱就如同艺术:如果你知道自己在做什么,你便不知道自己到底在做什么。我们花了一年时间来共同创造让我们飘飘欲仙的性爱。终于,我们的爱与激情相会——在彼此爱情的圣杯里。

有时,在我休息时,她会一丝不挂地躺在我身旁,默许我观赏她。此刻,我靠在最喜爱的椅子上,决定看看她会给我什么。

通常她都愿意褪下内裤,张开双腿,将粉红色的唇瓣露给我看。她对自慰并不反感,这样的表演总能使我兴致盎然。她可能会穿着丝袜,抬起脚送到我嘴边,让我一边舔,一边为我手淫。

她喜欢被人注目和欣赏。她大多数的日子都会去游泳,在清晨游上三十五个来回。她的屁股依旧紧实。当我还能在她的下体或是我称之为光环的边缘打转,然后向里探进的时候,她几乎就要切下我的舌头。

"现在不行,沃尔多。"

"求你了,吻吻我的额头。"

她摇了摇头。"和你一样,我最近状态很不好。"

"我让你感到厌恶了。我们就不能谈谈吗?"

"你这是要做什么,沃尔多?"

她两眼通红。

"你确定埃迪对你来说是个好的选择吗?"

"你是什么意思?你就不希望有人能跟我说说话?听我诉诉衷肠?带我四处走走?你比以前更蛮横了。"她说。"你希望我孤独终老。你老了,非常老,沃尔多,而我想拥有自己的生活。你难道不承认你对他太恶劣了吗?"

"我有吗?"

"你总是凶神恶煞地像对待犯人一样审问他。你看他的眼神就像以前你看那些演员一样。他们中有些人对你恨之入骨——"

"我得对那些无耻之徒的一些佳作负责。一记耳光只能对庸才起到点作用。你了解埃迪是什么样的人。"

"依你之见,是什么样的?"

"我能想象他和一个女人双宿双飞去了布莱顿酒店,由她的丈夫埋单。他从不自食其力。"

"你以为你整天穿着一件扎染 T 恤坐在椅子上,透过望远镜窥视别人的家里就知道生活是怎么一回事了吗?"

"我太清楚他的名声了。"

"什么名声?"

"一个投机分子。我们过去形容的那种'人渣'。那种早早地跑去饭店点饮料,然后等着别人来埋单。那种会从你的茶里榨取牛奶的人,我母亲会这么说。"

"未免太刻薄了。"

"我们不是在给《大英百科全书》撰写文章。这不过是闲聊。从前我们做完爱高潮后喜欢聊天。为什么要突然大惊小怪？"

"你在嘲笑，欺负他。你让他找你需要的东西，然后如果找不到便是一番指责。"

"他出生在上层中产阶级，是个受过公立学校教育的中年白人男性。他的父母一面鼓吹西方价值观，一面抨击海外所到之处的本地佬。他比这个星球上任何一个人都拥有更多机会。所以他就是个不折不扣的蠢货。"

她说："发生了一件令人发指的事妨碍了他的发展，并最终毁了他——"

她欲言又止。

我说："你已经无法和我亲密交谈了，齐娜。恐怕安妮塔还会显得更亲近些。"

"拜托，请别这样。下回她来这儿讲给我们听哪个知名导演或演员试图勾引她，记得提醒我走开。"她接着说："你知道埃迪上的那所名校里究竟发生了什么吗？"

"啊。所以是真的，对吧？你告诉我后，我会认真想想的。"

"除了我和他的一个朋友，他没有告诉过任何人。你会乘人之危，你知道你会这么做的。"

"你从不隐瞒，齐娜。你说过我能让你做任何事，说任何话。而且你很清楚我可以关闭我们的银行账户。"

"混账东西,你想饿死我,是吗?我知道你不敢这么做。"

我伸出舌头,像一只等待苍蝇的蜥蜴。"说出你的秘密或者拿条法兰绒盖在我脑门上。"

"你太无耻了。"

"你不就爱我这一点吗?"

"我已经不知道我爱你什么了。"她坐在我对面,脸上没有一丝笑容。"沃尔多,你很清楚英国人是怎么对待他们的子女的——眼不见为净。学校既冰冷无情又远在千里之外的英国北部。而他父母就和萨默塞特·毛姆笔下的人物一样,在香港品着金酒和汤力水。

"埃迪非常崇拜他的英语老师,鲍;英俊潇洒,魅力四射,为所欲为——埃迪是这么描述他的。他执意想要讨好这个男人。你知道他是怎么……

"如你所说,埃迪是英国统治阶级精英的希望。他那时只有十三岁,整天提心吊胆。白天即便犯最小的错误也会挨揍。但真正可怕的是夜晚。

"埃迪头脑聪明,又生得漂亮,但在体育方面却笨手笨脚,前途渺茫。有一天,鲍点了他的名。他被选去参加鲍的学习小组。

"他从起床那一刻起便充满期待,开始倒数时间。在他对鲍抱以微笑之后,就一直祈祷能被挑中,这个被视为"权威"的老师似乎很无拘无束,与众不同。埃迪穿着潮湿的外套在冰冷的走廊里飞快地奔跑。那时的他不再被忽视和冷落。

"鲍声称他将给埃迪取一个特殊的名字。只有他最钟爱的学生才有此待遇。埃迪几乎就要充满自豪感了。他被叫作'亲爱的猫咪'。"

"亲爱的猫咪。"

"千万别在他面前说。别一副幸灾乐祸的样子。

"鲍点燃满屋子装在葡萄酒瓶中的蜡烛。屋内装饰有毯子、书本、表现主义大师绘画的复制品,等等。还有济慈的人像雕塑,你能想象吗?"

我闭上眼。"你做得很好。我正在接收三维信息。"

"鲍会打开一瓶红酒,给埃迪一罐巴尔干寿百年[①],然后放他最喜爱的唱片:《通往绞刑架的电梯》[②]的配乐,我觉得应该是。你会知道的。还有迪兹——"

"迪兹·吉莱斯皮[③]。"

"还有妮娜·西蒙[④]。埃迪被这位品位高雅的花花公子深深折服了,依旧打着六十年代的阔领带,穿着切尔西短靴,留有一头嬉皮士的长发。鲍给埃迪看《道连·格雷的画像》,拥抱并亲吻他。

[①] 巴尔干寿百年(Balkan Sobranie),英国烟草品牌。
[②] 《通往绞刑架的电梯》(*Lift to the Scaffold*),由路易·马勒执导,让娜·莫罗、莫里斯·罗内主演,1958年在法国上映的犯罪题材影片。
[③] 迪兹·吉莱斯皮(Dizzy Gillespie, 1917—1993),被誉为使人"眩晕"的小号手。
[④] 妮娜·西蒙(Nina Simone, 1933—2003),美国歌手、作曲家、钢琴演奏家。

埃迪对他百依百顺。你瞧,他都是欢欣鼓舞地去那儿。终于,嗯——他给鲍口交了。他以前从未做过。上帝请饶恕我,赐予我勇气说下去——"

"请继续。"

"他被迫脱去衣服,并献上自己的屁股。男人用人造奶油让一切变得容易些。沃尔多,你是我认识的人中思想最为龌龊的。我不会描述更多强奸的细节。不用说,那是痛苦不堪的。除了要忍受精液让人作呕的气味——还不得不去护士长那里,对方一句话没说,只给他涂了些碘酒——埃迪渴望做一切鲍想让他做的事。于是第二天他又回去了。后一天也去了。这样的日子持续了一段时间。鲍有一个装扮盒。埃迪很爱扮成彼得潘展示给他看。

"不过鲍更喜欢埃迪扮演《歌厅》里的丽莎·明尼里①。他给男孩买来了高跟鞋、假发、假睫毛和女士内衣。他喜欢听他用稚嫩的嗓音演唱《明天将属于我》②。埃迪从鲍注视他的眼神里看到了无尽的爱恋与欲望,他此生从未如此感到被需要。

"鲍带埃迪去伦敦大板球场看板球赛。还有温柔的佛罗伦萨和威尼斯的学习之旅。第一次其他男孩对埃迪另眼相看。鲍常常

---

① 丽莎·明尼里(Liza Minnelli, 1946—),歌手、演员、舞蹈演员、电视节目主持人。一九七二年她以电影《歌厅》(*Cabaret*)获得奥斯卡最佳女主角奖,还拥有两张金唱片。
② 《明天将属于我》(*Tomorrow Belongs to Me*),电影《歌厅》里的歌曲,由约翰·坎德创作。

搂着他。有教父为他保驾护航。然而,时不时还有别的男孩儿充当鲍的亲密伙伴,甚至也穿那些服装,摆那些姿势拍照。

"小埃迪伤心难过。他很嫉妒。他想要那份只属于他的爱。他在更衣室里用螺丝刀袭击了他们中的一人。他像是被催眠了。

"他开始主动献身给年龄大点的男孩。在伦敦的时候,他随便地跟地铁站或是火车站接近他的老男人出去。他学会了从陌生人眼里看出他们的需求。他们给他钱、酒精和毒品。他穿着校服和一些大人物纵情声色——"

"为什么?"

"得不到认可成了他的噩梦。你不是说每个人终其一生希望他们的内在品质能受人推崇吗?所以你看仔细了,也听好了,沃尔多,吸取一下教训。埃迪身上有许多你不了解的地方。"

我们四目相对。我问:"那种情况持续了多久?"

"和鲍在一起有四年的时间。"

"他为什么会告诉你?"

"在戛纳的时候,我们拥有海滩、月光和关注度。和我们在一起他便是全世界的佼佼者。'这就是我梦寐以求的地方——和沃尔多还有你,和我最爱的人一起。'他这么说。他把照片发给了孩子们。'这是我毕生最大的荣幸。'但他却无法因此——或是任何事情而开心起来,因为这么多年来他总有心事压在心头。他崩溃了。我早已告诉他发生在我身上的事。所以最终他吐露了心声。"

"他的女人知道吗?"

"他无法向她们提及。他觉得会让人厌恶。他唯一告诉的人就是他最好的朋友,那人在伦敦开俱乐部。然后就是我。"

"你对他而言很特别,齐娜。你想知道原因吗?"

"求你了沃尔多,我只能请求你闭嘴吧。安妮塔绝不能知道这件事。或是其他的事——"

"其他的事?"

"你知道的。"

我说:"没必要威胁,齐娜。你就告诉我,他之后有再去见这个男人吗?"

"埃迪最早成为记者的时候在伦敦遇见过鲍。鲍继续告诉埃迪,他埃迪,是他最杰出的作品,埃迪头脑灵活又富有魅力,他从未见过比埃迪更具潜力的人了。不过这下他完全沦为了鲍的发明创造……

"两年过后,埃迪写信给住在布里斯托尔的鲍。他们又见了几面。

"往事越细看越不堪回首。埃迪开始一系列的治疗。鲍让埃迪坚信他曾经爱过并且信任过他。至于性,那是'有趣的'或者说是'鬼混'。算不上强奸。

"埃迪控诉他的老师玷污了所有一切和他有关的事,在他本该受到照顾的地方羞辱他。在他远离家人、脆弱不堪的时候伤害他。

埃迪说他对于鲍是'无关紧要的'。在他把自己交给别的男人的时候，他也感觉自己什么都不是。即便是当下，大部分时候他都感觉自己一无是处。

"埃迪和他的朋友一起回到布里斯托尔。我记得他叫吉波。他们在一块儿聊了很多。吉波认为复仇是最好的治疗。他在一旁怂恿那个男人。"

"去干什么？"

"赔偿埃迪。"

"你的意思是给他钱？"

"否则的话埃迪不会善罢甘休。媒体，警察，彻底让他声名狼藉，甚至锒铛入狱——"

"这个男人照做了？"

"埃迪和吉波去了他住的公寓。埃迪提出要求，吉波在旁威胁，他可算得上半个流氓，想要谋财害命。随身还带着一根短棍。吉波拿它戳着他，折磨他。"

"你可以对一个心中有愧的人做任何事。"

"他们拿走了现金、一幅画，还有鲍母亲的项链。都是值钱的东西。但吉波说这还不够。他们又回去了。"

"发生什么了？"

她迟疑了一下。"鲍彻底崩溃了。他絮絮叨叨地说起他的慈善工作，并不光彩。他对准了墙壁，鲜血直流。他想一头撞死。吉波觉得这是对他的仁慈,并帮了他一把。

"鲍逃离了房间。他们望着他逃跑。并跟随他到了克利夫顿吊桥。"

"他跳下去了吗?"

"他们看见了尸体。然后他们返回,拿走了剩余的东西,抹去了他们的踪迹,接着把到手的东西变卖了。埃迪出席了葬礼,随后他在火车站被人发现蜷缩在角落里,蓬头垢面,号啕大哭。"

"埃迪杀死了鲍。"

"是这个男人先杀了埃迪。学校毕业后,埃迪一度精神错乱,他无法把这个恶魔的声音从他脑中抹去。他依旧能听到鲍坠落身亡时的大声尖叫。但是埃迪需要公道。"

"他需要的是钱。"

"它们是一回事。"

"它们不是。"

"我讨厌你自作聪明的样子,沃尔多。"

她扭动着双手,摆弄起她的玉珠串。

"你相信吗?"

"真希望我什么都没说过。我收回之前的话,沃尔多。请你——"

"恶魔是那些受过恶魔般对待的人。"

"噢,闭上你的臭嘴。你太沉迷于这些东西了。别再说了,否则我要不客气了。"

"你难道就不想想你的名声吗?你过去不是这样的,齐娜。人们会怎么议论你——和这个男人在一起?"

"人们?什么人?"

她的呼吸变得短而急促。玉珠断了,像冰雹般散落一地。她并没有伸手将它们拾起以免被我的脏脚碰到,而是一把抓起一个靠垫。她向我走来。她拿起来盖在我的脸上,用那游泳健将的手臂用力往下按。

我的胸部起伏不止,双脚乱撞并抽搐不停。我试图用拳头向她挥去。

这感觉像是倒着跑上楼梯。随后消停了片刻。有很长一段时间我以为自己在水下,濒临溺死。

当我回过神来,她正蹲在地板上,呼吸急促,双眼瞪着我。

我不知道她变成了谁,这是何等的疯狂。

"你为什么要逼我,沃尔多?你——还有你的不可理喻。你是在自讨苦吃。你甚至出钱让埃迪消失——"

"我有吗?"

"你在我背后做的肮脏交易。你迫使我给他钱。"

"是他求我替他付房租。"

"都是因为你他才走了。"

"等他饥渴难耐、饥肠辘辘的时候就会回来了。"

"天呐,你真能把一个女人逼上极端……"

她伸手去抓我的手臂。我伸出手去。她会给我安慰。但她却在拉扯我。她在把我从椅子上拽下去。我会摔倒在地上。

"来吧,老男人——过来抓我,如果你想要我的话!"

一切都停止了。她把手指竖在嘴唇上。

"别说话——安静些。别像条狗似的在那儿喘气。"我们安静下来。"有人在门口。"

"没错,恐怕我能听到门铃声。"

"沃尔多,别出声!"我们静静等待。"是的,没错。有人来了。有人想见我们。"

第七章

在消失了四天后,埃迪回来了。我注意到他稍有些晒黑。布莱顿的天气可以变得很恶劣。他有些不自然地咧着嘴笑,双脚不停地换来换去。

他叹了口气。"很抱歉,一直在忙孩子的事。"

"为什么不打个电话?"

我说:"我们正准备报警。"

"为什么?千万别。我的手机掉了,然后又找到了。你们想念我了!回到了家我真高兴。"

他们需要好好谈谈,便把我打发去了房间的角落,我在那儿画画,捣鼓平板电脑上的图片,插着耳机听音乐。我像是一头被关在角落吊笼里的老年人猿,甚至无法朝客人吐口水。

他们催促我上床睡觉。他要留在这里过夜。我能听到她在地板上飞驰的声音。

我看着安装在我卧室角落的相机,这是用来记录我的死亡的。我关上助听器,吞下两粒药丸。我依然能听到她幽怨的声音在夜里回荡,用旁遮普语大声叫唤。他在一旁安抚;她很快便静了下来。

清晨,她给埃迪准备好吃的,然后他换上新衣服,穿着我的鞋子动身去参加一个会议。

齐娜一边等他回来,一边布置起鲜花。人在最陶醉的时候你能看到他们最为真实的一面。今天这个世界对齐娜而言是个让她忍不住想要一口咬下去的苹果。橱柜里传来曼妙的音乐,悠扬的舞步,絮絮叨叨的说话声。她把衣服收拾得井井有条,重新整理她的裙子,把毛衣都折叠整齐,处理掉一些内衣。她挑选出对她"意义重大"的鞋子,并带了一些去慈善商店。照片也被挪走了。

埃迪返回的时候她出门去迎接他。他们紧挨着坐在一起。我竖起耳朵听。我得知他们有一个计划。他们像是吃了安非他明一样兴奋不已。

她开始打包。欣喜若狂打乱了人的固有习惯。待我一命呜呼之后,他们便会这样生活着。

我练就的高超本领——挤眉弄眼,闹别扭,唉声叹气,沉默不语——都不奏效了。我变成了空气。我不能像动物似的躲在自己的洞里惶惶不可终日。

我摇着轮椅进她房间去阻拦她,提醒她我还在这里。

"你们要去巴黎?齐娜。请回答我。"

"坐下一班火车去。"

"那我呢?"

"没时间安排了。"

"你们住在哪儿?"

"丽思酒店。"

"那是我们过纪念日的地方。"

"那儿的交通便利。"

"你们怎么付得起?"

"闭嘴吧。"

"即便我们已经聊过了他的德行?"

"嫉妒心是可耻的。你不是一直这么跟我说吗?我们有一些创业的点子。你难道不希望我当一名独立女性吗?埃迪有些人脉,愿意给我们投资。他的法语棒极了;他从不大呼小叫。人们相信他。你会听到有关项目的消息。"

"什么时候?"

她说:"等你不再用这样的眼神看我的时候。感觉到你的目光停留在我身上,就让我毛骨悚然。"

"我会朝另外一边看。"

"我们赶时间。在我被你绊倒之前你最好自己离开。"我坐在那里,脑袋像一支点燃的香烟。"你要爆发了,沃尔多。你这是在自我伤害。"

她戴上超大的葛丽泰·嘉宝①的墨镜,然后急忙穿上高跟鞋。

"你母亲会怎么说,齐娜?"

"别再说了,沃尔多。"

"我们应该聊聊。"

"不是这会儿。你在拖我后腿。"

她和埃迪一起走了出去。

"真是快乐的一对儿。"他们离开时刚好走进来的护士说。"他是你儿子吗?"

我连笑都笑不出来。我把脸转了过去,让护士不要做声,拿一罐正山小种②和边上的一壶开水来平复我这颗受伤的心。

我不喜欢被长时间地留下和那个危险的自我作斗争。当齐娜——我的朋友、盟友、伙伴——愿意听我说话时,我会更通情达理些。还未来得及转换成语言的想法,会变成洪水猛兽,如同滞留

---

① 葛丽泰·嘉宝(Greta Garbo, 1905—1990),瑞典籍好莱坞影视演员。
② 正山小种(lapsang),又称拉普山小种,属红茶类。原产于福建省崇安县(现为武夷山市)桐木地区,是世界上最早的红茶,至今已经有四百多年历史。

在你脑中的重金属,挥之不去。当言语不足以表达所经历之事,这个世界会显得陌生不已。好在还有音乐。还有穆迪·沃特斯①。没有什么比布鲁斯更能抚慰人心。穆迪懂得我经历了什么。他早就预见了。

我发现齐娜从我们的联名账户里取走了一大笔钱。这里面的每一分钱都是我挣的:版税所得收益和部分电影学院演讲、见面会或是授课的收入。我不单单是被抛弃了:我正在给这对眼里只有彼此的甜蜜恋人在丽思酒店的住宿埋单,而我只能寄希望于她会给我带回一个烟灰缸。

我曾是一个内心平静的老男人,身处无忧无虑之中,渐渐淡出人们的视线。如今我醒来,渴望爱,悲愤交加,看见她张嘴迎接他的老二,一遍又一遍。我成了一个满腹牢骚的父亲,而不再是爱人或朋友。我无法忍受她的心里没有我。

我需要倾诉。我需要建议。我需要支援。

我打电话给安妮塔。安妮塔是我的另一个女孩。

安妮塔热衷秘密和八卦。她会知道该怎么做。她会有好主意的。等她得知这些事,准会火冒三丈。

---

① 穆迪·沃特斯(Muddy Waters,1913—1983),美国歌手和吉他手,被尊称为"现代芝加哥布鲁斯之父",对二十世纪六十年代英国布鲁斯大爆炸有重大影响。

第八章

　　安妮塔这样的女人,男人只消多看上两眼就会想把阴茎塞进她的嘴里。我的目光扫过她的头发、颧骨和纤细的双手。我闭上眼,沉浸在她为我朗读的迷人嗓音里。

　　几个月来,安妮塔·巴塞特坚持至少每两周过来探望我一次。她开始读一些经典文本给我听。身为电影和剧院明星,她的嗓音就像是来自上帝的爱抚。

　　安妮塔出演过三部我的电影。我琢磨出怎样拍她能更显得她机智诙谐,活泼俏皮,惹人欢喜。安妮塔出演的是一个女人的独角戏:她和观众直接互动。作为导演,你所有要做的就是让一切到位然后坐在一旁高枕无忧。有人说,这些是她最杰出的作品。

她做儿童慈善工作,阅读,吃便饭,出现在访谈节目上;她住在一间靠近阿马尔菲①的悬崖上的小房子里学习意大利语。在伦敦的时候,她每回看我都会带上一大束我最喜爱的花:蓟花。

有人愿意花钱听她说话。没有法子能让我更快入睡,于是我们作了新的决定,她带大麻给我。她坐在我的沙发上,扎着马尾,漂亮的膝盖向上提起,她从我儿时起便最爱的侦探小说中挑选我喜欢的读给我听。作为读者,我已经厌倦了文学作品。我只想要有趣的。

她的体贴让我暂时忘却了愤怒。我精神状态不错,直到我的眼睛瞄到在房间的另一头,埃迪的东西塞在另一个沙发尽头的后面。

安妮塔的声音停下了。她一直在观察我。

"你还好吗,沃尔多?我今天是不是让你感到无聊了?你想要听歌吗?要么来段电臀舞怎么样?"

"你是唯一留下来的人。我完全信任你。"

她放下手中的书。"那齐娜呢?"

"正是因她而起。你能毫无保留地跟我说实话吗?那个总来看望我的朋友,埃迪,他是个什么样的人?我可能丧失了判断力。

---

① 阿马尔菲(Amalfi),意大利坎帕尼亚大区的市镇,天主教阿马尔菲-卡瓦德蒂雷尼总教区所在地,位于一个深谷的谷口,被壮观的悬崖及海岸景色包围。

现实也不见得可靠。现在情况又发生了反转和变化。"

"是吗？"

"埃迪·沃伯顿，他是个公立学校的浪荡子，吃软饭的。最近他已经开始对我们下手。他和齐娜上床了——"

"在这儿？"

"就在这间公寓。在她的卧室里。他们迫不及待的时候甚至在客厅里。"

"你竟然允许？沃尔多——当真吗？不过你就是——你可以变得——毫无人性。"

"谢谢。"

"到底发生了什么？"

"齐娜被他迷住了。她总是有那么点儿沉溺于幻想。她尚年轻。他带给她希望和老二。要是我拆散他们，她会发疯的。她坚持要他和我们一同旅行。他们把我晾在那里，自己却在那边搂着对方看起了风景。那种感觉就像是她把一只大老鼠放进了我们家。"

安妮塔远没有我预期的充满同情和义愤填膺，她带着异乎寻常的怀疑眼光凝视我。

"你真糊涂，沃尔多。齐娜从见到你的那一刻起就对你一片痴心。相信我，你不是个容易相处的人。在你开口指责她之前，应该仔细想想，我亲爱的朋友。"

"所以我成了一个自欺欺人的疯老头?"

"你现在的思绪就像狂风呼啸的风洞。当初是你自己告诉我的,亲爱的。让我们来喝一杯然后忘记这一切。红酒还是白葡萄酒?"

我说:"埃迪和我曾经有一次和一个老女人坐在一起。她约莫八十多岁。他握着她的手,用他的双手抚摸并深情地望着她的双眼。她便永远属于他。这一招太感人了也十分奏效。随后他告诉这个女人他曾经受到过性虐待。这是一剂春药,宝贝。让她们疯狂地想要帮他,不惜倾尽所有的积蓄给他。他对齐娜也做了同样的事。"

"你有证据吗,沃尔多?"我又朝她看了看。"想想你得吃多少药,它们对你的伤害。"

我把整件事情的来龙去脉告诉了她。她很给面子地仔细听完了。

"但你并没有确凿的证据,沃尔多。"

我激动起来。"我把一切从头到尾都跟你说清楚了。你觉得是我在无中生有而他是个圣人?"

"这些还不足以让我们得出结论。"

"你不相信这赤裸裸的真相?"

"别折磨自己,沃尔多。这样无端指责齐娜很过分。换个角度讲——难道女人就不能找点乐子吗?"她给了我一个吻后准备离开。"别郁闷。"走到门口处,她停下脚步又转身回来。"我可以做点什么。我能把他查个底朝天。这用不了多久。"

"怎么查?"

"我会让我的助理去查。他会写一份报告。然后我们再决定是否处死这个畜生——如果事实证明他是畜生的话。毕竟,圣人之所以为圣人,是因为少有人调查。"

"还有一件事。你能帮我吗?"

"说吧。"

"麻烦把那堆东西拿出来。就在那儿。"我指了指埃迪的东西。

"你确定?"

"你说过'任何事'。"

"我心太软了。"

"那就把它拿给我吧。"

"这么做可都是为了你,沃尔多。"

她走近瞅了瞅,将他的包拉出来,把里面的东西如数倒在地板上。我点点头示意,她一一翻查然后把每一件东西拿给我看。

里面有脏衣服、鞋子和洗漱用品。电脑硬盘和电线。避孕套和一个阴茎环。一小粒装有伟哥的蓝色胶囊。一管润滑剂。一根振动棒。两部手机、一个相机和两块价值不菲的手表。昂贵的袖扣。小说的手稿。女士内裤、一盒小餐馆的火柴和三封"亲爱的爸爸"的信件,来自 F ——我猜是他的女儿弗朗西斯卡——我完全读不下去。

"再看看。找找清楚。"

"真讨厌。"

"伸进去找,拜托了。我会请你去做指甲护理。"

在包的内袋里她找到了一本磨损得乱七八糟的日记本,由一根橡皮筋捆绑着。

"打开它,谢谢。"

名片、剪报和孩子的照片掉了出来。一叠二十镑的钞票:总共大概有三百。还有一些我读过的:两篇当地报纸上有关鲍自杀的文章。

她正盯着一张照片看。她遮住了眼睛,说:"沃尔多,我不知道,这是不是——嗯——你认识的人。"

我伸手去拿。她紧抓住不放。然后还是递给了我:一张打印出来的自拍照。一个老女人穿着丝袜和高跟鞋跪在地上,屁股上和阴部分别插着假阳具。

"对不起,沃尔多。那些鞋子——"

"她常常关在自己的房里,房门紧闭。"

"这简直不忍直视。"她说。"还有更多的。你能看得下去吗?"

我用手机将它们拷贝下来。在性的问题上无关对错。我们如今都成了色情摄影师。

"她变得不可理喻。"我说。"你能把日记念给我听吗?"

"我感觉怪怪的。开始让人反胃了。"

她把埃迪的日记内容读给我听。他可不是佩皮斯①——记录的内容都是些有关会议、活动、人物素描、文章和纪录片的想法,还有关于我的讣告的笔记,里面充满溢美之词,但遗漏了两部更佳的电影。我很快便明白了。没有任何矛头指向齐娜。

她让我独自沉默了一会儿。好朋友会这么做。安妮塔可能是对的:愚蠢能将一切美好的事物瞬间瓦解。

我有个想法。

"你能再帮我做件事吗?把这些页面拍下来,我就能在空闲时反反复复地看了。"

她扮了个鬼脸,但还是掏出了手机照做了。她把内容通过邮件发送给我,这样我之后就能一边在我的平板电脑上看,一边继续装死。

我听到楼下大门关上的声音。电梯哐当哐当作响。

"是他们,安妮塔。"

日记还摊开在我腿上。一阵惊慌中掉落到了地上。埃迪的东西也顺带滑了下去。安妮塔飞快地把所有东西捡起来,力所能及地将它们各就各位。她赶紧跑进洗手间去洗手。

---

① 塞缪尔·佩皮斯(Samuel Pepys,1633—1703),十七世纪英国作家和政治家,海军大臣,以散文和流传后世的日记而闻名。

有一张照片面朝下落在地板上。我用轮子轧了过去但无论我怎么使力都捡不起来。我尝试把它踢到沙发底下,却差点儿从我的战车上摔下去。我想到扔一个靠枕盖住它,不过已经没有时间了。

埃迪和齐娜走了进来。

"嗨,你们两个,"我说,"巴黎之行怎么样?你们瞧——我有朋友过来。猜猜看是谁。过来打声招呼吧。一起喝点茶。让我们开一瓶香槟。把蛋糕拿来。"

第九章

我说:"看我为你做了什么,埃迪?"

下一秒钟埃迪忽然张开双臂,看到安妮塔向他走来让他兴奋不已。他的双眼闪烁着激动的光芒。

"你是我的玛丽莲。"

"Boo-boo be-doo.①"

安妮塔亲吻了埃迪,也亲吻了齐娜。她开始对埃迪施加影响,话题全都围着他转。我给他俩合了影。

"我必须要听到全部。"她对他说。"告诉我所有有关你的事。"

---

① 玛丽莲·梦露歌曲《希望被你爱》(*I Wanna Be Loved By You*)中的歌词。

这是个让他求之不得的话题。她说:"我很快就要走了,去排练——但快点告诉我吧。"

她伸出手,邀他一同去厨房喝白兰地。

他匆忙间差点儿绊了一跤。"马上过来。"他停下,捡起一张照片,看着它。"这是我女儿弗朗西斯卡的照片。"他观察着我们。"它怎么会出现在这里?"

"一定是你落在这儿了。"

"我很肯定我没有。"

他再次把目光投向我们,把它和其他东西放到了一起,随后安妮塔关上了门。

一片寂静。齐娜和我被排除在外。不过我们在一起。几星期来头一回她在我身旁蹲了下来。我看她卷起一根香烟,插入滤嘴,舔了舔,点燃,然后吸了一口。

"你觉得他们在聊些什么? 她为什么那样跟他说话?"

"他准是如数家珍地把每一个他见过的名人的名字说给她听。他在剧院里看她的表演已经超过二十五个年头了。她穿着皮草大衣演出的《马尔菲公爵夫人》造就了现在的他。"

"看在上帝的分上,沃尔多,她不会想听到这些的。这些影视女孩儿走到那儿听到的都是夸奖。"

"也许她在他身上看到了你看到的东西。"

"比如呢?"

我说:"无聊的人通常比较受欢迎。他们从不会做任何出人意料的事。但他很热心。有某种热情。激情。还有什么?让我好好想想。这是个值得讨论的话题。"

她给自己倒了一大杯酒。

"别装傻了。怎么每次我一出门她就会过来?"

"你知道我不喜欢被单独留下。她的美让我开心。"

她说:"可他们两个在那里干什么?"

"我们可以稍后问问埃迪。如果他等下在的话。我们能共度今宵吗,宝贝,还是他今晚会和我们一起?"

"他会的。"

"巴黎怎么样?你们有没有去蒙田大道,那儿的年轻人迷人吗?这次行程有收获吗?"

"我心情好的时候会告诉你的。"

"能给我拿点喝的吗?"

"当然。"

"还有橄榄吗?"

"我之前买过一些。"

"是我最喜欢的?"

"你的最爱。"

"你还没忘了我。"

"你很难让人忘记,沃尔多。"

"吻我。"

她张开手打了我一巴掌。

"哎哟。你干吗?你把我的嘴唇打肿了。好好亲亲就不疼了,宝贝。"

"你知道你都做了些什么。我会给你酒。很快你就不省人事了。"

被打和被爱有什么差别?我含笑望着她。我喜欢注视她,看她动来动去和做起事情来的样子。

"安妮塔不会勾引他的,齐娜。她是有品位的。"

"她阅人无数,但没男人能在她身边久留。这是为什么?"

我耸了耸肩。"她的标准比较高。"

"她身上还具备'那东西'。"

"是什么,齐娜?魅力吗?"

"诱惑力,还有一丁点受虐倾向。"

"那你身上还有吗,齐娜。不过你正在逐渐失去。"

"怎么会?"

"如今的你过于急躁。魅力是一种慢。是岁月的积淀。它是一种慢条斯理和胸有成竹。艺术家、运动员——像是齐达内、迈尔斯·戴维斯、嘉宝——还有那些我最喜爱的人。他们都具备这点。缓慢。无穷的魅力。"

她把喝的放在我旁边,然后卷起另一根烟。她的头转来转去,望着镜中的自己。

"你瞧——这面可恶的镜子讨厌我。你为什么非要到处摆上它们?

"你甚至不跟我打声招呼就把她带这儿来了。全世界最美的女人之一。光看她的皮肤你就能看出她是个健康的女人。

"难道你没发现她从不穿廉价的鞋子,甚至是牛仔裤?她到哪儿去都拎着她的普拉达包。有一次在展览会上,她连胸罩都没穿。在她这个年纪谁敢这样?任何时候都完美无缺。这简直是在折磨我。你以前说得对——"

"关于什么?"

齐娜拉长着脸。"你知道只有保持神秘感才是重要的。世人的眼光又是如何。看看我。我瘦拉吧唧的。我甚至是印度人。我的鼻子油光发亮。你今天怎么能这样对我?"

"安妮塔是我的有声读物。仅此而已。你知道你让我兴奋……"

"摸摸我干枯的头发。"

"让我为你涂点椰子油。"

"看看我满布皱纹的双手。我腿上这些静脉曲张必须根治。我的膝盖有关节炎。有一次我们参加电影电视艺术学院的晚宴,我感觉自己是全场最老的女人。没有一个人看我一眼。曾经我不也迷倒过男人吗?"

"尤其是我。"

"他们追求我,但我无动于衷。我曾经过于一本正经,并称之为女权主义。"

我说:"只有电影里的人才总是光鲜亮丽。"

她问:"是不是每个女人都有我的恐惧?我会变成我的母亲?"

"别诋毁她,齐娜。你的比比①是个极富魅力的女人,她可以直面自己,无所畏惧。我还记得她祷告的样子。那幅情景太让我为之动容,齐娜。有一次她让我加入她。她鼓励我改变信仰。她说我们西方世界全搞错了。还说你应该去巴基斯坦。"

"这是她想要的?太荒唐了。"

"我们抛弃了真理和价值观,沦为了奴隶去追寻——"

"追寻什么?"

"短暂的激情。性幻想。金钱。在她眼中伦敦的时光消逝得太快。她说人可能一夜间就变老了。"

齐娜陷入了沉思。她开始踱来踱去。

"你怎么能听得进这些呢?我承认你很有耐心。你对孩子们都很和善对她也很好。妈妈四十岁就衰老了,她太虔诚了。"她说。"你帮我脱离了这一切。假如明天我发现自己得了癌症呢?所有事情都可能瞬息万变。我想要一个新的鼻子。你会给我一个吗?"

"如果你用恰当的方式来问我。"我呷了一口威士忌。"我在考

---

① 比比(Bibi),在乌尔都语中是对女性的尊称。

虑同时换一根新的阴茎。"

她坐着,双手托着头。

"安妮塔没有男朋友,对吗?你不是说过她这辈子找不到真爱?"

"她和我手下的一个剧作家分手了。一个被我硬捧成才的家伙。她声称除了比她年龄小的男人,没人敢跟她约会。"

"我了解你会对一个女人说什么,沃尔多。你会说她聪慧过人,让大多数男人无福消受。"

"她很精明,古灵精怪的。也很性感。有许多事情令她后悔——没有成家。和男人在一起她是在寻求惩罚。"

齐娜来回踱步。"她是个危险。你太阴险了:你是故意让她来这儿的。你难道没和她说起我吗?你都说了什么?"

"我说你让我变得不快乐。"

"你是这么说的?她知不知道年复一年夜以继日地照看一个人是什么感受?让她来试试看。她有一个会把床搞得乱七八糟的丈夫吗?我知道你脑子里是怎么想的,所以我不得不扇你耳光。他们怎么去了这么久?"

"唯一的可能就是他在向她介绍自己。他曾是多么知名的制片人。他是如何因为别人而丢掉这个头衔的。他要怎样卷土重来。他会如何投资她的新电影。他会如何——"

她捂住耳朵。"闭嘴!"

安妮塔离开后,齐娜把埃迪拉进了她的卧室。我听不见细节;他们在争执。他们压低了声音。她给他口交。他不是那种会浪费一次勃起的男人。在他这个年纪你浪费不起,我可以告诉你。他的精液要比香槟来得好。

他们出来,喝上一杯上乘的夏布利葡萄酒来清清味蕾。我试图捕捉埃迪的目光,但他却始终保持着距离。

那个夜晚齐娜兴奋不已。她想和我说话。这个创业的想法还不错。他们会一起着手干。她将其称为她的"孩子"。埃迪启发了她。而她想要更多。

有些东西永远也得不到,这便是我们的宿命。我给予她的世界太狭小了,她迫切地想要开启一段新的旅程。我难道不明白这种感受吗?我现在,这样一个老男人,还能给任何女人什么呢?

我留意到她回来时头发松散,穿着紧身裙,抹了新的香水。她戴着脚链,穿着皮夹克。我想看她光着身子的样子,只穿那件皮夹克,或许可以换上细高跟鞋。一定要配上红唇。不过,此刻不是提此建议的好时机。

我躺在床上看着我妻子发送给她情人的自拍照。于是我发了短信给安妮塔。"有消息吗?"接着又写道:"我这里如同地狱漆黑一片。到底是怎么回事?"

没有回应。

第十章

第二天,安妮塔没有回复。之后一天也没有。四天过去了。我担心起来。我发短信给她。她没有回我。她消失了吗?还是忙得不可开交?

我的信心慢慢减弱但并未完全丧失。我把平板电脑放在腿上,研究起拍下的埃迪的日记。他的收入之少和看医生之频繁让我颇感意外。他每做一次爱都会画个钩。我喜欢做事有条理的男人。要是还有未来的话,我也会那么做。

我观察着。我已经有好些年没看见过自己的双脚了。我能瞧见镜中自己的模样。我让女佣把它移动一下。如果她将它稍微调整一下方向,镜子间就能相互交换映像,我能一边躺着一边看到我的剧院——客厅——甚至是在录像的时候。许多电影以窥淫狂为主角，我非常胜任这个角色，我有詹姆斯·斯图尔特[①]的耐心。还有许多电影的主角，我回想了一下，是我们的另一个邻居，连环杀手。

第二天早晨，齐娜在跑步机上运动，我摇着轮椅过去时，注意到别的变化。埃迪搬进了我的办公室。他将我的文件和圣丹斯电影节的奖杯搁在了大厅里一堆衣服后面的架子上。把我的笔记本和故事板装了箱。他还挪走了我的速写本和彼得·布莱克[②]的相片。

在完成了迁徙之后，他坐了下来，玩起了手机和电脑，边上放着他的DVD和书本，他头上那根鼠尾辫兴奋地在那儿蹦跶。

他们对我越来越漠不关心。过去的几天，我把我的平板电脑落在餐具柜上，摄像头一直在运作。他们忘记了它的存在，在镜头里进进出出，在我打盹儿的时候聊天。

晚些时候，我躺在床上观赏。

我听到她的声音。"沃尔多从不来这里……他从不用这些东西……他再也用不上了……他对所有东西都不肯放手……感觉就

[①] 詹姆斯·梅特兰·斯图尔特（James Maitland Stewart，1908—1997），昵称吉米·斯图尔特（Jimmy Stewart），美国电影、电视、舞台剧演员，美国空军准将。
[②] 彼得·布莱克（Peter Blake），1932年生于英国，十四岁开始学习艺术，曾在伦敦皇家美术学院学习，为英国波普艺术的代表人物。

像是生活在博物馆里……他喝得太醉了注意不到……你发现他是怎么豪饮伏特加的吗?我们得继续下去——他还要空间干什么?他连自己拍过的电影都快记不得了。我都不知道他如今还有几分力气——"

"这个可怜的男人确实一天不如一天。他要是条狗,就会被安乐死。有一天他说:'或许应该给我一张去瑞士的单程票——'"

"给他买,拜托了,埃迪,亲爱的。他都快咽气了。"

他们的瑜伽老师来了。齐娜和埃迪一起开始冥想,练习"腹式呼吸"。无所事事也是以金钱为支撑的。尽管看着埃迪做"下犬式"动作是唯一的犒劳,还能附带听到他们探讨无限快乐的本质,认为它存在于当下而并非物质享受。齐娜告诉埃迪他太偏重于左脑思考。在他内心深处有一部分因为创伤而封闭了。齐娜希望老师能帮助他。在他们共同努力下让那冰封已久的部分重获新生。这对每个人都有益,能加速脂肪消耗,提升思考能力并让头脑更加清醒。

当齐娜不再精神空虚时,会拿着她的新电脑在沙发上坐埃迪身边。她也给埃迪买了一台全新的苹果笔记本电脑。还有从哈罗德百货采购的三文鱼、伏特加、蛋糕、牛排、红酒和香槟。我们在客厅的锦缎沙发罩上野餐。我们过起了奢侈的生活。下午时分他们会去做按摩。他告诉她,他从未如此轻松惬意。没有一个女人待他如此之好。

我的夜晚空虚寂寞。我甚至无法自慰。

他带她去剧场和歌剧院。他们走到后台,他在演员的化妆间里将她介绍给他们认识。之后是晚餐和美酒。他知道最佳的去处,用她的信用卡——预订。

花我的钱对他而言毫不费力。他们在维多利亚和阿尔伯特博物馆①享用午餐。随后去南肯辛顿购物。公寓里堆满了窗帘、地毯、靠垫和床上用品。她开始买起了版画,全都价格不菲:每幅都价值上千英镑。她无法相信一直以来我们如此贫穷,而别人是如此富足。至于埃迪:他是钱能买到的最好的男人之一。

她一边换衣服一边在客厅里和他说话。躲在深红色布帘后的我仿佛置身事外,只能纹丝不动地在阳台上观望着邻居们。

齐娜一激动起来,嗓门就会变大。等我打开助听器,然后向后靠下,便能听明白他们的意思。

"日子太煎熬了,埃迪,亲爱的。给我倒杯白葡萄酒,好吗?因为你知道的那个人,到今天为止,我几乎都没怎么出过门,可你知道我就是个话匣子。"

"你交友广泛,经常在午餐时和一些还不错的人闲聊。"

"都是些无聊透顶、身患癌症的老女人在那儿谈论疾病、葬礼和遗嘱,她们中没人的器官还是原装的。总会有人死,没人能吸引

---

① 维多利亚和阿尔伯特博物馆(Victoria and Albert Museum),位于英国伦敦的一家装置及应用艺术博物馆。在英国,它是规模仅次于大英博物馆的第二大国立博物馆,以维多利亚女王和阿尔伯特人公爵命名。

我。在你出现以前,埃迪,都是些无关紧要的人。"

"我以为你一定瞧不上我。"

"为什么?沃尔多病了十年之久。他一度摔断了手臂,我包揽了所有煮饭的任务;把他的食物切碎了喂给他吃,然后再把他弄上床睡觉。

"他从不喜欢被单独留下。他变得抑郁,沮丧,刻薄。他是个性变态——任何循规蹈矩的事都令他感到无趣。我拒绝了在他身上撒尿,但他逼我吐唾沫在他脸上。我还挺喜欢的。"

"我能理解。任何时候只要可能我也会对人们那么做。"

"他教我快活。他说:'确保每次性爱都有新花样。'我无法满足他的淫欲。你没办法用一生去爱一个人,不是吗?你有试过吗?"

"没有。"

"遇见你之前,我反反复复做着同一个梦。"她继续说道:"有人紧紧抓着我的手。一天夜里,我撞见你正盯着我的双手看。你伸出手来抚摸我。真是太美好了,但我不知道你是否会觉得它们青筋凸出,满是皱纹。我太老了,谈情说爱让我有心无力。"

"可你还是给我发了短信。"

"我是发了!用了波阿狄西亚①般的勇气。我太难为情,紧张

---

① 波阿狄西亚(Boadicea,?—60或61),英国东英吉利亚地区古代爱西尼部落的王后和女王,领导了不列颠诸部落反抗罗马帝国占领军统治的起义。

不安了。我想把我的手机扔掉。"

"我向你道歉,但我并不那么看你,齐娜。你对男人主动出击。你是怎么说来着?如果我想要你,便能拥有你。"

"我从没主动吻过一个男人。我犹豫了好几天。一次次地改变主意。我以为你会拒绝我。我当时头脑一片混乱。当我看到你发给我的照片里嘴巴做出亲吻状时,我才松了口气,哭了出来。

"现在,请对我坦诚,埃迪。你有没有对任何一个女人忠诚过?"

短暂的停顿。"还没有。"

"为什么不呢?不忠是出于信仰还是本能?"

"做爱是唯一让我不感到焦虑的时候,并且能让我忘了自己。我会获得短暂的平静,头脑里不再充满仇恨和喧嚣。所有问题都迎刃而解。"接着他又说:"亲爱的,你想要什么呢?"

"我想去美国生活。我恳求过沃尔多,离姑娘们和外孙们近一些。可他说她们不会希望我们一直在周围。她们的丈夫们会感到反感。这里的情况也好不到哪儿去——沉闷至极。死亡并非易事,需要耗费太久的时间。"

"你对我说过他十分迷人。"

"他曾经的确令我神魂颠倒。但我五十岁的时候就成了看护者。这是出于我的责任也是我的爱。我希望他能安稳地度过最后十年岁月。但我被困住了。我得坐在他身边,那个轮椅上的生殖器——"

"别这么说——"

"——向窗外看去。而我开始颤抖。像是中风那样。我的理疗师说这是幽闭恐惧症。而且我还变胖了……

"我的朋友们说我很幸运,逃离了印度。而巴基斯坦——我丈夫去的地方——会更加糟糕。沃尔多带我远走高飞。真是好心。他拯救了我。我不得不因此而爱他。"

"是吗?"

"我心怀感激。这里有我要的一切。我怎么还能抱怨……?哦,埃迪,你明白我的意思吗?"

"我懂,我懂。"

"沃尔多不想我去工作。他喜欢我陪着他。我们一起研究他的剧本、服装、剪辑、音乐。他什么事情都会征求我意见,甚至会点头称赞,深思熟虑一番,如果我有什么建议他也会采纳。可如今他再也不会给我看他拍的照片或是小短片。"

"你想看吗?"

"当然了。可他更喜欢让安妮塔来读给他听。你是否觉得我很无趣呢,埃迪?"

"一点都不。"

她亲吻他。"我希望你不要那么担惊受怕,放松些,我们刚刚才做完按摩而且把最后一个浑蛋,那个房东的债给还清了。我不敢相信他竟然对你这样的甜心下手把你推到墙边,还在那肮脏的走廊里威胁你。让我再来吻吻你。"

我忍受着这样的停顿。

他说:"我无路可走,但实话实说了。我承认了自己做过的事。我造了些假于是惹恼了他。"

"都过去了。有我在你身边你永远都不会重蹈覆辙。你不得不在那儿住了多久?"

"三年,哦不,是四年。"

"他可不敢碰我。不然我就踢烂他那玩意儿。而这一切不过是为了区区几千英镑。"

"你知道我还有其他的债务吧?"

"我不是保证过那些都会解决的,在恰当的时候?"她大笑起来。"你是不是要为了我放弃你的其他女人?你的那些'后宫'?"

"现在一个都没有,亲爱的。"

"你会吓一跳的,埃迪,我可以变得心狠手辣。有一天我会告诉你我的家族史。过来,用你强壮的手臂抱紧我,宝贝。"

我坐在那里,大脑空白,浑身僵硬,努力地想要记起自己身在何处,直到他们停止了拥抱、抚摸,过来找我。

这时我看到一条安妮塔发来的短信。

第十一章

我得了感冒,身上盖了好几条毯子跟个破沙发似的。不过我总算有安妮塔的消息了。

她带来了那个天衣无缝的说谎者的消息。我们必须谈谈。她正赶过来。她已经安排好了外出野餐。会有司机接我们去九曲湖①,那是我年轻时最爱闲逛和消磨时间的好去处。

天气晴朗,公园里很热闹。湖面上波光粼粼。我喜欢看人们骑车,溜旱冰,躺在阳光底下。这就是伦敦:温文尔雅,追逐享乐。

---

① 九曲湖(The Serpentine),位于伦敦海德公园内,公园被流经两处的九曲湖分成南北两岸。

我爱让她推着我走。湖水让我的心平静下来。安妮塔穿了一条七分牛仔裤,金色的凉鞋和一件白色T恤,尽管戴着超大墨镜和帽子,她还是被人认出了,始终低着头,脸上带着感恩的笑容。

我希望能最后乘坐一次脚踏船出游。

她找到一片阴凉处,我们便坐在一起吃起了烟熏三文鱼三明治,喝起了香槟。

"很抱歉耽搁了这么久。"她一脸专注且严肃的神情。"信息量太大了。我吓了一跳。"

"现在你相信我了?"

"我的小兄弟们和他们的手下忙坏了。你得让这一切继续下去,沃尔多。我在等着看我们能抓到什么把柄,如果一切都是真的话。"

我尽可能转向她,捕捉到她脸上闪过的神情。真相并非高深莫测,甚至是一目了然。只不过难以接受罢了。"要敢于承担和女人一起的所有风险。"司汤达是这么建议的。我一直都知道埃迪生性放纵。这是他骨子里的东西,就好比狗总是对着树撒尿。

"安妮塔,把我推到水里。看着我往下沉。我若挣扎,就把我的头按进水里。我不想再听下去了。我爱齐娜。爱得无可救药。她有点不谙世事,我没有把握能保护她免受这个男人的伤害,又或者她是否愿意我这样做。"

我解释说,以我从他日记里收集的信息来看,他目前至少还有两个别的女人,另外加上之前几个仍对他藕断丝连的老相好。我在他"保持联络"的名单里找到十个女人的名字。谈情说爱是件费时费力的工作。埃迪在时间上无比慷慨。他把大部分时间贡献给这些女人。也就难怪他那"权威的"英国战后电影史从未完成或是真正开工,换作任何一个人用不了一周就能写完。

我将这些告诉安妮塔。她点了点头,若有所思。这下轮到她了。据她讲,她这边的人手一直在忙碌细致地工作。她带来一个剪贴板,上面有好几页纸,配有照片。

她开始娓娓道来。"你说的内容证实了我们的工作。最主要的是一个叫帕特丽夏·霍华德的寡妇。她做过乳房切除术,单身了五年。她极度渴望被爱。她性感而且多金,不过她三个成年子女对埃迪很是防备,十分保护他们的母亲。

"如你所知,他很执着。他坚持不懈,每天和她聊天,耐着性子陪她听完瓦格纳。他甚至读小说给她听,给她支招。"

"那可是付出投入。"

"可不是吗。他满心期待她会投钱给他拍一部电影——由他来执导。他和她上过床,但关系却无法更进一步。我不觉得他能成功——他很忌惮她的孩子。"

"接着说下去。"

"还有一个人,莎拉·阿德勒,二十八岁。她是个艺术家,性格暴躁,是他最爱的床伴。"

我接过剪贴板,看了几张她脸书上的照片。

"他们在那里一起参加她的艺术展开幕式。"

我说:"就在他声称自己在布莱顿的时候。"

"她有着美丽的胴体,喜欢用乳夹,一根漂亮的链子挂在双乳间。她说话的时候,埃迪在旁听着,这在男人中可不常见。她很黏人,每个月都威胁要自杀。她口交的功夫比所有人都好。"

"希望我妻子不会听到这些。"

"莎拉就是他失踪这段时间和他在一起的女人。他答应帮她办展览,而她则让他兑现了承诺。不过那天他明显紧张焦虑,坐立不安,不停地清嗓子,惊动了画廊老板……

"我们还追查到另一个女人,曾经和他翻过脸。她借给过他一大笔钱,他好用来作有关你的纪录片的调研。"

"我倒觉得关于埃迪的纪录片会更有意思。"

"她本打算来你这里。她想讨回她的钱。不然的话,她等不及要给我们爆料。等一下。要是你想听听有关他的过人之处——"

"我从未如此期待过。"

"埃迪超常的舔阴能力是出了名了。他是专为阴蒂服务的雅克·库斯托①。他能屏住呼吸在下面埋头苦干几个小时。他把梅

---

① 雅克-伊夫·库斯托(Jacques-Yves Cousteau, 1910—1997),法国海洋探险家,以广泛的海底调查而闻名。他发明了水肺型潜水器和水下使用电视的方法,不仅能让探险家们更长时间停留在海下,摸清海底情况,也成功地将海底这一神秘世界让大众知晓。

毒传染给了她。"

"他在女人身上使了什么花招?"

"他许给人未来。还有希望。他告诉她们,她们有多么美貌聪慧。他们会一起生活在纽约或是里约热内卢。他们会经营事业。他们的余生都将在品尝美美的食物,说着美美的话,做着美美的爱中度过。"

"人会那么轻易上当受骗吗?"

"真相如同埃博拉病毒一般让她们避之不及。不用我说你也知道。"

"没错,正像所有以侦探或调查记者为主角的电影,我们只有在为时已晚的情况下才得知真相。"我对她说:"我知道女人都喜欢在言语的攻势下坠入爱河。奥赛罗对苔丝狄蒙娜①不就用了相同手段吗?我羡慕埃迪那灵巧的舌头,安妮塔。我恨自己的无力——即便满腔怒火却终究无能为力。"

"沃尔多,你最好有好运气傍身。"

"这么严重?"

"埃迪在他的密友吉波的建议下,躲在你这里暂避风头。我觉得他会榨干你。埃迪需要得到一大笔钱,沃尔多。他已经两次破

---

① 奥赛罗(Othello)和苔丝狄蒙娜(Desdemona)是莎士比亚戏剧《奥赛罗》的男女主人公。

产了。信用卡、支票簿他一样没有。我们发现他债台高筑,欠政府的税收,欠他那些老婆的抚养费,其中一人得了癌症无法工作。孩子们处境很艰难。"

"怎么说?"

"一个姑娘是残疾。年纪稍大的男孩有精神病——总之,异于常人。他现在被关在病房里。"

"还有一个男孩在意大利生活。埃迪最疼爱的是他十五六岁的女儿。但她可不是省油的灯——毫不夸张地说。在金钱方面,很不知足。还要听下去吗?"

"请继续。"

"长年累月的苦闷让埃迪变得愈发不靠谱。可即便是像屎一样的烂人也想当个好父亲。他花了好几千给孩子和他自己看病,拜访各种医生、精神病医生和理疗师。但没有一个庸医能消除他头脑里的杂音,只知道收钱,伸向他的手要比琳达·拉芙蕾丝[①]还多。

"几年来埃迪四处借钱。他欠朋友、银行、房东和电影制片人的钱。逼债者正在到处找他。他名下一无所有,却想索取。如果有人想好了骗你上钩,并且心意已决,他们甚至连人的灵魂都能

[①] 琳达·苏珊·博尔曼(Linda Susan Boreman, 1949—2002),艺名琳达·拉芙蕾丝(Linda Lovelace),美国色情演员,以演出电影《深喉》闻名。

夺去。"

依我看,我们应该多发牢骚少做事。我说:"难道一个男人不该在人生的这个阶段获得些许平静吗?当然了,要是她想要一个破了产的人,我又有什么错呢?"

"别难过了。"她握住我的手。"她想看看你对这件事的反应。她想要你把她从他身边拉回来。或许你的态度没以前那么强硬。那丈夫的意义又是什么呢?"

"是什么?"

她几乎冲我喊了起来。"去保护女人让她免受伤害。现在,让妒火点燃你的斗志吧。"

"会的,安妮塔。"

她推着我绕着池塘走。我们停下脚步,去买了咖啡。我们都陷入了沉默,除了轮子咯吱咯吱作响。我和往常一样,开始自言自语。

可她向我靠过来。"你刚说什么,沃尔多?

你是在喃喃自语吗?"

"我说至少她有人陪伴了。"

"你是说齐娜吗?你想说什么?"

"她没有一直处于被动。她得偿所愿了。"

"你很赏识这点?"

在弗洛伊德《三个匣子的主题》①文章最后,他告诉世人:"老人徒劳地寻求再次抓住像他最初从母亲那里得来的女人的爱。"然而我认识的几个风烛残年、行将就木的老男人——无疑是糟糕透顶的男人,对待女人极其恶劣——却找到年轻貌美的女子陪他们步入人生的终点。道德高尚,有利用价值,心地善良与否:这些阳具的主人根本不在乎。他们喜欢就好。毕竟人各有所好。

"你有在约会吗?"

"我倒是希望。"她叹了口气。"已经太久了。过来搭讪的男人们都是些二十多岁的毛头小伙。我和他们中的每一个都出去过几次。但没人身上有我能找到的'那种感觉'。我准备彻底放弃了,沃尔多。有谁能忍受我呢?"

"我不想听到你这么说,宝贝。你有努力尝试吗?"

"我现在只想全心全意帮你,沃尔多。我很担心你在得知这些后会怎么对付埃迪。向我保证你会很小心、谨慎地去处理。你不会想让她爆发。或是让你自己。"

"我懂,安妮塔。齐娜沉迷在幻想里,难以自拔。但性爱的陶醉只能维持几周。用不了多久她就会发现他的真面目。她无法选择无视。我正在默默倒计时——而你和我会一起加快这个进程。

---

① 《三个匣子的主题》(*The Theme of the Three Caskets*),主要讨论了莎士比亚的两部剧作《威尼斯商人》和《李尔王》。

你已经给了我所寻求的开场。"

谁曾想到退休生活会变得如同世界末日一般呢?

我软弱无力,郁郁寡欢,但我还没有放弃。我在计划我的下一步。

不管是否具有威力,但我可以告诉你,我会直截了当,正中要害。如果她没准备好放弃爱情,那她只能被迫准备好。

我不希望她快乐。我只想让她陪在我身旁。这个要求过分吗?

第十二章

"你觉得他没有别的女人吗？他和帕特丽夏·霍华德没有一腿？"

"谁？"

"就是她。不要把目光移开。"

"你这是在人身攻击。太不要脸了。要让我看吗？"

"这主意不错。"

"为什么？"

"它能帮到你。"

"你正把它推到我面前。滚开。"

"你务必看一下。"

只有我们两人。我准备好了。给她看的是一张在我平板电脑上的帕特丽夏的照片。帕特嫁给了我曾经用过的一个知名演员。

齐娜一把夺过平板电脑。她一边看的时候我一边揣摩她脸上的表情。尽管冒着风险,我依然强烈渴望扮演一名真理医生,让我的妻子不再蒙在鼓里。强大的现实能让我们的爱起死回生。她会回到我身边。一切会再一次好起来。

我说:"她很好看。你不觉得吗?通常埃迪都会对姿色平平的女人出手。她们更懂得感恩,他曾经是这样解释的。

"帕特丽夏曾'接济'过他——给他买袖扣、手表、电脑、电话、去温布尔登的车票等等。她的丈夫是著名的戏剧演员。"

"所以呢?"

"帕特丽夏有能力把埃迪介绍给对他有用的人。她借钱给他来帮他'渡过难关'。他没有还钱。她对此并不意外,但不管怎样,他勇敢地听她诉说,有多少女人能找到如此好的倾听者呢?他会婉转地提出要求。他知道该怎么做。你不得不佩服那些没有骨气的人。我很钦佩。但还是……"

齐娜一绺一绺地拽着她的头发。她捡起一个枕头,拿在手里。她把它贴在自己脸上,看自己能坚持多久。她满脸通红,呼吸变得急促。

她对这个实验很满意,向我走来。"任何一个聪明、理想的男人自然免不了有一些情感纠葛。不用说,这是魅力所致。你不也一样吗?我从各种渠道听到过。"

"我没有。"

"真的吗?"

她带着估量的眼光审视我,仿佛要推测我的身材尺寸。她一言不发,聚精会神。随后她拿起靠垫按在我脸上不松手。这是最为持久的一次。我试图反抗,但最终渐渐没了力气。她丝毫没有退缩。她看着我,没有停。一句多余的话也没有。

一切终于停下来后,她开口道:"你还有要说的吗?"

我控制不住地发抖,喘着气说:"等一下。"

"接着往下说,沃尔多。使出你最卑劣的手段。看看我是否能承受。"

我感觉自己像是跑了很长一段路。我慢慢喘过气来。她的目光死死地盯着我。她在等待。

"你没发觉吗,齐娜,他不属于我们的现实生活。他遇到一个女人,五分钟后就坠入爱河,第二天便开车带她去布拉格,想要买一座城堡——花她的钱。"

"有谁不欣赏这种冲动呢?"

"他是个神经病,齐娜。只有疯子才随心所欲。但你听说我——"

"谁不疯狂呢?他是犯过错误,这点我承认。"

"错误？还有另一个女孩。是个女雕塑家。"情人甘愿忍受奴隶都望而却步的委曲求全。不过接下来的或许能让她回心转意。"你想知道吗？"

"你会长生不老吗？你竟如此折磨我。"

"凭借真相。"

"我很怀疑是否果真如此。"

我说："来看看这个。莎拉和埃迪在她的画廊开幕式上。

"一个多么性感撩人的长腿尤物，齐娜。她喜欢有人拍打，拉扯，用夹子夹她的胸部。她恳求他不要手下留情。你能为他做这些吗？我担心对于埃迪而言你太过温和了。他和这个尤物在一起比以往任何女人都更无所顾忌。他拿着我们的钱消失不见，你四处寻找他那会儿，他就是和这个女人在一起。"

她捂住脸庞。"天呐，沃尔多，我以为随着年龄增长你会安守本分些。"

"齐娜，能给我一杯水吗？"

"这里不是丽思酒店，我也不是用人。"

"听到他和这个尤物现在的处境很危险，能让你松口气。"

"怎么回事？"

"她父亲发现了。除非埃迪溜之大吉，不然他会将埃迪大卸八块。你是他的救命稻草。这就是为什么他牢牢抓着你不放。"

"我懂了。"

"我希望你和他还没发展到那一步。我很抱歉你不得不过着禁欲的生活。但我可以告诉你,埃迪过去就是个男妓。是你告诉我的。他毫无底线,浑身上下都是性病。"

她张大嘴巴。"这些你都是怎么知道的?"

"我有眼线。"

"在哪里?"

"我能说的就是我们的处境岌岌可危,宝贝。我们必须让他离开这里,然后回归原本的生活。"我停了下来。"不过我现在不想说话,齐娜。我已经说得够多了。我很虚弱,而且喉咙干得冒烟。"

她抓起一杯水向我泼来,随即拿起枕头按在我脸上。我的胸膛就快要爆炸了。我缺血的脑袋晕头转向。

随后她完事了。跑去给我们俩沏茶。

她哭了起来。"看看你对我做了什么,沃尔多。你和你的那些故事真他妈操蛋。"

"这茶沏得真好,齐娜。"

她擦了擦前额。

"沃尔多,我不舒服。"

"怎么了? 告诉我,宝贝。"

"噢,我不知道,沃尔多。我脑袋发涨。所有一切都让人难以接受。"

她卷起一支烟抽了起来。我望着她。

"哦上帝,哦上帝,哦上帝啊,沃尔多。"

"你需要休息,宝贝。"我说。"弄死我已让你身心疲惫。"

第十三章

她病怏怏而且闷闷不乐,看上去像是被炸弹轰炸过一样。疲惫,头痛,呕吐,眼下的皮肤发紫。她就这么披着大衣睡觉,不吃也不喝。她拒绝看我们。她要么已经服了一两片安定,要么准备好了和我们一刀两断。也有可能是全部。

埃迪正好进来,他看了看她,又看了看我,一遍一遍。他想不出发生了什么。他以为他们要去沃尔斯利享用生蚝,还有一夜欢爱等在那里。

他慢吞吞地走来走去,拍了拍双手。这双手如果不是用来抚摸我妻子,他都不知道该往哪儿放。

她知道今晚自己想要什么。她拿了一瓶红酒回到房间,关上房门。就这样了,在她看来,再没什么可说的了。我同情她,深陷情欲的打谷机里,无法抽身。在我打了埃迪的报告后,她需要一段时日来哀伤后悔,好让她更坚强。

我不仅大获全胜,如今还能对埃迪百般羞辱。好让他从犯下的过错中得到教训。

"她还好吗?"他问道。

"她遇到一些烦心事,让她犯了头痛,埃迪。她今晚不会出来了。"

"沃尔多,你要喝点什么吗?"

"应该有一瓶打开的酒。你能给我做点吃的吗?"

"你想吃什么?"

"冰箱里有三文鱼。和剩下的芦笋放在一起。边上放上一点蛋黄酱,谢谢。"

"没问题。"

"再来点芥末酱。"

他把食物端过来放到我的餐盘上。

"你不吃吗?你能放部电影看吗?《卡里古拉》①怎么样?他用枕头把皇帝提比略闷死了,这是真的吗?"

---

① 《卡里古拉》(*Caligula*),又译《罗马帝国艳情史》,丁度·巴拉斯执导,马尔科姆·麦克道威尔、彼得·奥图尔主演的情色片,1979上映。该片以写实的手法逼真地描述了公元37至41年卡里古拉统治罗马帝国时期荒淫无道的行径。

"谁知道呢?"然后他又说道:"雨下得很大,既然齐娜今晚什么事都不想干,我可能会出去喝一杯。"

"和老朋友?"

"是的。"

"多老?"

"什么?"

"是我认识的人吗？你能在走之前帮我做件事吗?"

他在技术方面是把能手。我想让他帮我把一个我偶尔会用到的录音设备里的文件移动到平板电脑里去,这样能方便我更好地编辑。这是一段录有齐娜高潮和她对埃迪柔声细语的录音。曾经和我共事的音效师来到我的公寓,好心地帮我安装了这些扩音器。

我手机里还有些别的内容——小视频和照片——我能自己转换和剪辑。我的手指虽不那么敏捷,但我的设备有声音识别功能。这就像是在剪辑室里对着剪接师大喊大叫。

我已经把几段对话剪辑成一段连续的叙述,效果很好。我尤其喜欢其中一段录音,播放了好几遍,像是披头士的单曲循环。埃迪在里边说:"我很偏执。每个人都这么说。可我总在想他能听到我们说话。要是被他发现了我们该怎么办?"

"我想你是知道的,埃迪。在那之前让我们尽情享受。不管怎么说,他眼里只有他自己,除了好管闲事,他什么也察觉不到。"她说。"他什么都做不了。这里所有的一切都有我的一半。很快,等一切了结——像我们讨论的那样——所有一切都将属于我。到那时我们离开这个没有生气的地方。你想去哪儿?"

"我不得不说,这个地方在我看来有点儿寒碜。回到这里总让我有一丝凄凉感。"

"我明白你的意思——俄罗斯人、阿拉伯人,还有那些戴头巾的女人。甚至是小女孩。在伦敦我永远不会这样做或是让我的女儿这样做。"

"我们在自己的城市里像是外来者。"

"我可不想你成为任何地方的外来者。最近我一直在看房屋中介给的资料,想找一个适合我们的地方——有一间木质装潢的书房,我能躺在贵妃椅上看你写书。"

"还有给我孩子们住的房间?你还没见过他们呢。"

"哦,埃迪——"

"怎么了,亲爱的?"

"我不擅长这样的事。"

"什么样的事?我知道我们能成为一家人,齐娜。我的孩子和你的孩子。我能向你保证,你会喜爱我的孩子的——"

"至少不是那个被关起来的。"

他说:"我想邀请我女儿下个星期来这里。"

"别这样,埃迪。"

"齐娜,她一直不断拿开水往手臂上浇,校方说她无法管束。

她需要有人照顾。她可以使用这里的书房。这对她是个安静的地方。你也有女儿,你知道她们恼怒起来是什么样。我们需要为这个姑娘找寻帮助。"

"那就去做,埃迪——"

"我的天使非常迷恋安妮塔的电影。你觉得安妮塔会碰巧过来见见我的女儿吗?她给了我她的电话号码。我可以今晚给她发信息。"

"发信息给她?埃迪,求你了,你在说什么呢?"

"你难道不明白吗,弗朗西斯卡和我的关系很紧张。她觉得我让她失望了。安妮塔可以成为她的良师益友。"

"别让她掺和进来。沃尔多会不高兴的。他不喜欢有人利用安妮塔。至于你女儿,要是她来了,其他孩子也会跟着过来。什么时候才是个尽头呢?我们会应接不暇,而我则要躲进自己的房里。沃尔多绝不会容忍。他很保护我。"

在我用我那对博士降噪耳机播放这一段时,埃迪始终盯着我看。电影导演是干什么的?我们通过让观众观赏犯罪从而一步步引诱他们落入快乐的陷阱。犯罪和爱情是唯一的主题。我们提供激情和残酷。作为回报,公众给我们金钱和名声。这是个诚实的工作。是一种魔法。

我朝埃迪点点头。"好样的。音质非常好。"

"你在放什么?"

"什么?"

"我觉得我听到了自己的声音。之前那个是不是我的图像?"

"对。你比我更有主角范儿。我在着手弄一些东西,你会感兴趣的。一种全新的电影形式。'听觉的高潮'。名字就叫作'天堂之门'。"

"清醒点儿,沃尔多,这个片名不是已经有了吗?"

我举起手机上那邪恶的监视之眼,按下录像键。

"那么我换成'一千零一个秘密'。"他变得不耐烦但却脱不开身。"你还和帕特丽夏有联系吗?帕特·霍华德。她嫁给了我的一个朋友。我听说你认识她。"

"我和她偶尔会联系。"

"我准备邀请她下周过来吃晚饭。我想要让新人加入我们的社交圈。我觉得她和齐娜会合得来。你和帕特丽夏亲密交谈吗?"

他看着相机。"亲密?"

"她有没有跟你说过她爱谁?她有没有男朋友?"

"她为什么会告诉我?"

"你没和她在一起吗?外面有关于你们的谣言。我了解你,埃迪。我们过去互聊心事。而且齐娜和我无话不说。她迷恋我的声音。她说我可以像鲍勃·迪伦一样把广播作为事业。"

"也有关于你的谣言,我的朋友。"

"希望它们能构成诽谤。"

"你没和安妮塔一起吗?"

"啊。"

"我听人这么说。"

"她的美我招架不住,埃迪。你不相信我吗?"

"许多人不信,沃尔多。人们说你们的关系还在继续。齐娜也怀疑。女演员仰仗着导演。"

看到他面含微笑转过脸去,我说:"你很有修养,埃迪。你父母学识渊博吗?你的好奇心就是从他们那儿遗传来的吧?"

埃迪不屑地哼了一声。"我父母就和英国中上层阶级的保守党一样愚昧无知,沃尔多。愚蠢,自恋,贪图享受。"

"但你受了良好教育。"

"在寄宿学校的时候有一个老师……他给我一些堕落、违禁的东西。像是陀思妥耶夫斯基、波德莱尔、亨利·米勒、戈达尔、比莉·荷莉戴……红酒,甚至——"

"我知道你喜欢受到年长的男性保护。他叫什么名字?你是不是写过他?《那个成就我的老师》。写的是不是他?他如何成就了你?"

他瞄了一眼手表说:"不好意思,沃尔多,我得走了。"

"桌上有一张皱巴巴的二十镑。"

他瞥了一眼,顺手盖了上去。拿起来。"你真好,沃尔多。"

"那个老师叫什么?"

"鲍。"

"你跟他还有联系吗?"

"他死了。"

"他怎么死的?"他摇了摇头。"对着镜头笑一下。"

"你为什么这么做?"

"你让我重获灵感。退休真是太糟糕了。贝利一定也感同身受。"

"沃尔多,"他说,"我有点担心齐娜。你肯定她没事吗?我们要不要叫个医生来?"

"我会看看她今晚情况怎么样。"

"她怎么会变成这样?她有什么心事吗?"

"比如什么?"

"我不知道——"

"我能和你实话实说吗,埃迪?没错。我们一直在讨论你。你让我们忧心忡忡,而我们深感自己就像是你的家长。我不想让你太过激动,不过我一直在四处打听。现在已经有了眉目。我在紧盯我的联系人,准备给你一个教授的职位。我一直说能像你这样频繁又有深度地聊电影的人寥寥无几。"

"沃尔多,太感谢你了。"

"我很感激你替我照顾齐娜,埃迪。你真的是一个好伙伴。我们身边找不出你这样的人。"

"说实话,这算不上什么。"

"如果你有空的话,明天过来快速地收拾一下东西。下午晚些时候。晚一点,然后带些橙子来榨汁,还有我喜欢的那种夏巴塔面包。如果有时间的话,你能不能顺便去下旧康普顿街上的阿尔及利亚咖啡店,照例把我的大麻拿来?你现在手头上有钱了。"

"好的。"

"这期间,我需要一点时间让她好转。别担心,我会照顾好她的。我整晚都不会离开她半步。"

"真的吗?"

"我们的婚姻是我最引以为傲的。"我伸出拳头和他相击。"一生挚爱,埃迪。"

"一生挚爱,沃尔多。"

我一边用口哨吹着《明天将属于我》,而他忙着把盥洗用品袋装进背包里,然后匆忙消失在夜色中。他已经收到了信息,并永远离开了。至少我这么以为。

第十四章

我们正在享用早午餐。至少,是她。炒鸡蛋和烟熏三文鱼,配上吐司面包;咖啡、鲜榨橙汁和撒上姜粉的甜瓜。

看她进食让我很欣慰。她是我们周围最瘦弱的女人之一,靠吃枣子——有时吃一颗,有时一天两颗——还有酸奶和精液度日。有些女人羡慕她,是为好迹象。但她的体重却让我忧心忡忡。

她知道我此刻饿得头晕眼花。女人想要把自己奉献给男人,我察觉到了。但一次只能有一个男人。

"不准碰那块面包,你这个冷酷无情的家伙。我敢打赌你肯定饿坏了。或许等会儿你能吃一块杏仁饼干。现在你感到难过了吗?"

"别像个虐待狂一样,齐娜。你变得太可恶了。"

"彼此彼此。你羞辱了他。这还仅仅是最次要的。我想到就不寒而栗。"

她在惩罚我把埃迪推向这个肮脏、无情的城市中去。显然他四处游荡;走走歇歇;一路跟跑,又跌跌撞撞。他目睹了灯火辉煌的景象。通宵达旦的忙碌者;清晨的工作者;性工作者、小偷、智障者比画手语。他打电话给朋友,但他们都爱莫能助。一切来得太仓促了。他在长凳上眯了一会儿。你猜到了:他把钱包弄丢了。

他像一条饥肠辘辘的狗,回到这里,面黄肌瘦,步履蹒跚,甚至一瘸一拐地走了回来。

"要是你给我吃鸡蛋,我就告诉你一些重要的事。"她给了我两耳光。"你太得寸进尺了,我只好付诸行动。你精神错乱了吗?你答应他给他找工作,接着又让他喊我母亲。"她做起了鸡蛋。她轻抚我的头发并擦去我嘴角淌落的口水。"所以,你究竟要说什么?"她在等我开口的同时,我吃光了大部分鸡蛋。"别这样,告诉我。"

"照我说的做。走到窗户边上。"她照做了。我跟在她身后。"你瞧,有个男人等在那里。他在监视我们。他是来找埃迪的。你这边刚摆脱一个寄生虫,那边立马就又来了一个咬着你不放。"

"他在那儿多久了?"

"一小时左右。"

我把望远镜递给她。他五十岁出头,光头,戴着一副黑框眼镜,穿着一身廉价西装,他的宽度将近他的身高。

"来者不善。"

她仔细观察他的一举一动。"你怎么知道他是来找埃迪的?"

"我不知道。"

"这一次,你可能是对的。"她说。"我要出去对付他。我会痛打他一顿。"

"你的奋不顾身很让人激动。不过,别那么做。"

"他会伤害埃迪。"

"他不会的。不会在大街上。埃迪有欠债吗?"

"那又怎样? 这又不犯法。谁不欠债呢?"

"我不。"

"我们可以帮他渡过难关,就像帮助别的朋友一样。这男人会走的。"

我们依旧站在窗边。我握着她的手臂。

"他来了,"她喊道,"是埃迪,在转角处。那个男人看到他了。埃迪在微笑但他很紧张。我从未见过他这个样子。他在后退……"

"太迟了。他逮到他了。"

"我们该怎么办?"

男人向埃迪靠近。

我对齐娜说:"还好埃迪买到了我的夏巴塔面包。"

男人在跟埃迪说话。埃迪点了点头,并朝我们瞥了一眼。他们并没有表现出不友好。遗憾的是男人并没有碰埃迪,仅仅只是把手搭在了他的肩膀上。

"他只是在做他的工作。他必须把钱讨回来。他并没有威胁他。不过现在他们知道了他的踪迹,我们必须得放弃埃迪,齐娜。"

"只要他和我们在一起,他就是安全的。他们奈何不了我们。"

"恶人在四处找他。追债者。房东。可能还有警察。他也可能犯了罪。他会让我们忙于应付,不堪一击。"

"我带来了你要的面包。"几分钟过后出现了他的声音。

"你怎么进来的?"

"轻而易举。"他举起钥匙,笑容满面。

"你是怎么进来的?"

"齐娜给我的,免得你不方便。"

"咖啡呢?"

"没买到,沃尔多。很抱歉。我遇上点小麻烦。"埃迪说。"把咖啡的事给忘了。"

"碰到认识的人了?"

"没有,没有。"

他身上散着一股酸味。衣冠不整。但愿他不要在我们的新沙发上面放屁;那可是从约翰-路易斯①买来的,还有一条彼芭②的毯子。

"是什么样的麻烦?"我问。

"你觉得会是什么呢?"齐娜说。"就为了一点钱的事。是不是就是钱的事,埃迪?"

他点点头。"贪得无厌的人。"

她说:"为什么人们为了区区几镑的事情就如此小题大做呢?资本主义在利用完人之后就不管不顾了。"

"你说什么?"

"我想说什么就说什么。在这间屋子里言论自由。"

"你什么时候开始信仰马克思主义了,齐娜?"

"我身上还有很多你未知的地方。"

埃迪说:"只有家境宽裕、无忧无虑的人才会为了所谓的物质主义来攻击他人。这源于底气十足的优越感。而对我们这群剩下的人来说,还要谋生。我不得不说这是一种叫人不齿的虚伪。"

"说得没错。"她附和道。"坐下来,埃迪。休息一下。我给你拿条毯子和枕头过来。你一定累坏了。"

---

① 约翰-路易斯(John Lewis),英国伦敦最大的百货商店,在牛津街商业区和购物中心都有分店。
② 彼芭(Biba),英国二十世纪六七十年代的时尚潮牌。

他脱下鞋,顺势躺了下来。靠垫是我们从康伦家居店①买来的。花了不少钱,那里就是个烧钱的地方。不过任何人造毛皮的玩意儿我都喜欢。

我问:"你欠了多少钱?"

"四十左右。"

"以千为单位?"

"是的。"

"天呐。"

"还有学费和其他一些费用。那些让人感觉舒服的商人:医生、精神科医生、理疗师……"

"那男人是谁?"我问他。"外面那个人。"

他托着头。"无关紧要的人。但是沃尔多,我没睡觉。我快不行了。我没法像这样继续下去——"

"埃迪,你以前见过他吗?他叫什么名字?"

齐娜说:"你什么时候变成梅格雷②了,沃尔多?埃迪,去洗个澡放松一下。大家此刻都过于激动了。沃尔多,你也该休息了。来吧,老乌龟,让我们带你脱离险境。"

---

① 康伦家居店(The Conran Shop),伦敦高端家居用品集合店,由英国设计师泰伦斯·康伦创立于1974年。
② 梅格雷(Maigret),比利时小说家乔治·西默农笔下的人物,是推理文学史上不朽的名侦探。

脱离险境？回卧室的路上我来到窗边。那个粗壮结实的家伙抬头看着我。他拍了张照片。我撤到阳台，用尽最大力量起身，朝他比画了个手指。我拍了张照。他走开了。

齐娜推着我回到卧室，让我躺下。

我喜欢漆黑一片，寂静无声。这是我对日记倾吐的好时机。我有太多要说的了。

第十五章

我在书房里工作,看我拍下的照片和素材,尝试在音乐中尽可能将它们拼凑到一块儿。

埃迪的东西把我团团围住:他的报纸和书本。他女儿的照片盯着我,这是安妮塔之前掉到地上的。

他整个上午都在我身后的沙发上打瞌睡。她把咖啡拿给他时他醒了过来。他们急着出门。既然她帮他打好了领带,我猜他们是准备去银行。很快这个卑鄙小人的钱袋就要鼓起了,加上他裤子前兜里的一沓钱。

他们正在办一个网站,专门做有关名人的访谈。埃迪准备动用他的人脉。齐娜会来压榨我的资源;她对这件事非常上心。他们准备从安妮塔入手,她很健谈却从未吐露过自己的童年:这没准儿是个好点子。倘若轻而易举就能抽丝剥茧,解释清楚,谁还会去关注艺术家的作品呢?

齐娜和埃迪一块儿走了。我赶紧挪到阳台看着他们走出大楼。他们走向站在马路对面的那个男人。他又来了。

齐娜这人向来强硬,果断。当年我准备离开印度时正处于走向自我毁灭的阶段。孑然一身,意志消沉,我考虑过退休,然后自杀。但除此之外,我的人生观还是十分积极向上的。行动——成就大事。粉碎坐标,看碎片能飞向哪儿。让疯狂涌入,确保对自己和他人都是危险。过多的思考会把你变成那个愚蠢的哈姆雷特。

或是变成齐娜的丈夫,一个电影里看到的那种亲切友善、好脾气的医生。那时候她和我是情人关系。夜里她开车穿过孟买送我回酒店。她给我看她的耳环,称专门为我而戴。她要求去我的房间。她直言不讳地告诉我,她嗅出了我的孤独落寞。我想与她争辩。可她是对的。

不久之后我对她说:"齐娜,我厌倦了这里。跟我走吧。带上孩子们。否则一切都结束了,我们将抱憾终身。这或许是个值得尝试的错误。"

她那会儿正准备搬去伊斯兰堡——全世界最无聊的城市——和那个把自己奉献给母亲的丈夫一起。她告诉我她有多担惊受怕。婆婆让她不堪重负,总是不断刁难她。但她仍想照顾她。我问她为什么,于是她告诉了我。我吓得不轻,却并未因此打退堂鼓。反而让我对她的看法转变了。齐娜的父亲住在精神病院,他将自己的母亲活活勒死。我们大部分人能理解却在极力克制这种冲动。

精神病并不遗传。否则有谁能幸免?就拿我说吧,我自告奋勇,一个把现实看得清楚透彻的男人,深知我们想要避免伤害却因此伤得更深。

我收拾行囊准备出发去机场。她就在那里,和她两个可爱的女儿手拉着手。她朝我走来,便再也没有回头。这一点让我此生对她钦佩不已。她担心的是她们最终会沦为英国姑娘那样,宿醉不归,不知羞耻,穿着随便,俗不可耐。我向她保证她们会沿袭我们的体面。老大马上就要来看望我们了,带着她的两个孩子到伦敦观光。这会让齐娜高兴些,也应该能让她分分心。

我急忙移到窗前看着他们出了大楼。我拉近距离,看他们和那个男人交谈。一无所获。男人走开了,上了车。

我看了一部电影,然后发消息给我的电影明星。我发了几张邻居们在厨房里的照片给她。没想到安妮塔竟很空闲。她说她在来的路上。有一些事她必须马上让我知道。我希望够劲爆。我已经等不及了。

她来时我像嗑了迷幻药的轮椅神探[①],在书房里横冲直撞清

---

① 源自一九六七年开播的美国电视剧《轮椅神探》(*Ironside*)。

理埃迪的东西。

"帮帮我,宝贝。我累坏了。"

"我一直在担心。看到你这么活跃我真开心。你在干吗呢?"

"今天我心情很好。"我告诉她。"帮把窗户打开。"

"你需要新鲜空气吗,沃尔多?我以为通风对你来说等同于截肢。发生什么了?"

"我们要把埃迪的东西整理出来。我已经开始恶心了。我太虚弱了。帮帮我,这是我的最后一搏。"

"我该做些什么?"

"你现在不是在练拳击吗?把他的家当扔到窗外去,宝贝。"

"你确定吗?"她说。"沃尔多,齐娜会因此对你怀恨在心的。"

"在遥远的未来,她会感激我的。"

安妮塔有些迟疑但还是被说服了。我们把他的东西塞进纸箱里,然后把属于我的放回原位。我指向一大张宣传我讲座的带框海报。

"我要把我的这张照片放在那里,安妮塔,谢谢。现在毛泽东是我的精神导师。'丢掉幻想,准备斗争。'我要重操旧业了,宝贝。你只有动起来才意识到自己深陷泥潭。"

"说得好。"

"就挂在那儿,谢谢。我需要在舞台中心。"

我们清理了落在上面的灰尘,我帮她举着照片,她钉了几个大头针上去。

"有一个阴险的家伙一直在监视我们,安妮塔。"

"我知道。"

"你知道?你是怎么知道的?"

"沃尔多,听着。昨晚我在家里,记台词。我收到一条信息——埃迪发来的。他说,他没和齐娜在一起。她不舒服已经睡下了。所以他去了俱乐部想寻求陪伴。他在'六号'。他说:'过来一起喝一杯吧。'我独自一人在房里,心情很糟。

"夜晚变得压抑。我知道你说上帝创造了男同性恋给我这样的女人。过了一定的年纪之后没有多少人是你愿意去听他们说话的。"

"你想要什么?"

"一个能让我畅所欲言的人。我阅读,吸大麻,做伸展,冥想打坐——然后发现都无济于事。于是我坐出租车去了'六号'。你介意吗?"

"尚未可知。"

"我在那儿看到了埃迪。或许我可以调查一番。

"那是一个狭窄、顶棚低矮的地下室,有几张椅子和桌子,一个不大的舞台和厨房。埃迪穿着他那件超大的白色夹克。听说我……"

他就在那里,和她通着电话,梳着一个大背头,不修边幅,但言语充满关切。

"他唱了三首曲子,包括这首——《风雨无阻》[①]。唱得没那么差。有点心碎的感觉……几曲唱罢他去吧台后面招呼起客人。

"我在他这桌和另一个男人坐在一起。吉布尼。这个家伙经营这家俱乐部还有另外几间酒吧和餐馆。即便和我在一起,吉波也是那种一刻不停歇的人,时时刻刻目光从你肩膀上掠过,找寻对他更有利用价值的人。

"后来我发现在那儿的那个女孩——"她拿了一张照片给我看——"是弗兰西斯卡,埃迪的女儿。你看,她把脸藏在头发后面,但她身上有文身还有穿孔,诸如此类,你能看到,她正亲眼目睹她父亲的凄惨样。"

我注意到在她小臂靠近手腕处有一处创可贴。我猜她就是齐娜不愿去俱乐部的原因,假如她的确被邀请了的话。在这个伤痕累累的女儿身后,我瞥到了此刻安妮塔口中描述的这个男人——吉波。

"吉布尼是埃迪在苏活的长期伙伴。他们认识有好些年头了。埃迪最开始对吉布尼鼎力相助。这个地方最初开业时,他邀请了他所有那些有名望的朋友,然后消息就传开了。埃迪还在那里卜厨。

[①] 《风雨无阻》(*Come Rain or Come Shine*),歌剧《圣路易斯的女人》中的歌曲。

"就我所知,大部分是女孩告诉我的,埃迪从来都不厌其烦地让吉布尼涉足他的不幸生活。不过,和任何一个同他有接触的人一样,埃迪已经把他朋友的耐心耗尽了。

"吉布尼支付孩子们的医药费,帮助他的几个老婆,找各种借口打电话安抚还有别的事情。通常他不计较钱。但有时不是。

"吉布尼听说了埃迪被你羞辱并逐出门外。埃迪并未像他以为的那样在你这里站稳了脚跟。"

"真不知廉耻。"

"他一直想方设法让埃迪振作起来。近来,埃迪的绝望无助一直让他很烦忧……那个女儿,弗兰西斯卡,状态也不好。她打电话向吉波哭诉。吉布尼这个人没什么文化修养。"

"幸好。"

"他五十多岁,是过去那种切尔西硬汉猛男。不是那些抹了香水,练就一身肌肉的摩登男士。"

"我想到了《成功的滋味》[①]里的托尼·柯蒂斯。"

"没错。"她整理完毕。"为了你我可没少给自己找麻烦。我已

[①] 《成功的滋味》(*Sweet Smell of Success*),由亚历山大·麦肯德里克执导,伯特·兰卡斯特和托尼·柯蒂斯领衔主演的电影,1957年上映,讲述了一位很有势力的报纸专栏作家利用自己的关系和影响力,毁掉妹妹和一个他认为不合适男子之间恋情的故事。

经将一些谜团解开了。"

我们转移到了厨房餐桌。她开了一瓶酒。

"吉布尼在给埃迪出谋划策;这就是为什么他一直在暗中监视你。"

"啊。"

"他有一个计划。他知道埃迪无处可去,而且正处在犯罪的边缘。一年前埃迪要付房租但却一筹莫展,于是便伪造了支票签名。他差一点儿就侥幸成功了,但他向吉布尼坦白了这一切,吉布尼拿自己的钱替他把钱还上。他想挽救埃迪让他免受牢狱之灾——"

"为什么?"

"他们是朋友。"她耸了耸肩。"埃迪告诉吉布尼他在考虑成为一名人生导师。"

"这对于一个有精神病的骗子是再好不过的职业了。"

"但吉布尼构想了一个完美计划,因为埃迪对女性很有一套——"

"拜托,亲爱的,我可是亲眼见证了他的工作。他的精液还留在我最好的那条地毯上,甚至在我妻子身上闪闪发光。"

"埃迪需要找到有钱且容易上钩的女人,这在伦敦不算少数。

"埃迪要和这些失败者中的一个好上,确定关系,然后和吉布尼一起联手。这样埃迪能够供养他的家庭并且分享那些慷慨赠与——"

"你说赠与?"

"房子,毋庸置疑。土地。画作。养老金。等等——和他的老伙计,他的经理人以及资助者吉布尼一起。"

"这里谁是他的目标?"

"埃迪把这间公寓的照片给他看过了。他们会把你在乡下的房子卖了,连同这里以及你的档案室。埃迪和齐娜会买一间新的公寓,然后手头一旦宽松,埃迪和吉布尼有经营一些生意和投资的想法。"

"所以我们牺牲掉我的人生就是为了让'勤快的'埃迪后半生坐在金条上高枕无忧?如意算盘打得太好了。只不过他们得等到我咽气那天。"

"你还真是乐观。"

"我现在全明白了。他们为何不想加快这个进程?无论埃迪怎么努力,我依然该死地活着。"

"他跟你很像。埃迪。你没发现吗?"

"我?"

"你,曾经的你。包括现在的你,有时候。难以捉摸,诡计多端。你就像是被自己所困扰。"

所幸我们的谈话被打断了。齐娜回家了。

她匆忙地径直大步走来,反手叉腰站着,一眼就注意到这些箱子,并朝着毛主席的相片望去。

"我在这里想到了一个新点子,齐娜。"

"沃尔多,请你跟我解释清楚。你打包的是埃迪的东西吗?安妮塔,是你在帮忙?"

"我可以解释。"安妮塔说,人们往往在解释不清的时候这么说。

我说:"是时候让埃迪把这些东西带走了。他现在肯定找到了别的住处。你要记得,我并没有把钱借给他——我是诚心诚意地奉送给他的。他已经准备好了。"

"他是我们的客人。他可以一直住到他觉得准备好了为止。我难道不能邀请朋友来这儿吗?"

"他得到了一个工作机会,多亏了我。"

"是的,谢谢,去印度的特里凡得琅①讲授克林特·伊斯特伍德的电影。"

"这可是全世界最好的工作,齐娜。如果年轻人接受不到教育,我们将情何以堪?"

她看了眼安妮塔。"你又碰过埃迪的东西了吗?是谁给你的权利让你在我的公寓里胡作非为?我会在你家里做同样的事吗?你仗着自己有点名气就可以为所欲为了吗?"

安妮塔的嘴巴动了几下,终于开口:"我很抱歉,齐娜。不过沃尔多很焦虑。我们应该关心一下他。他很脆弱——"

---

① 特里凡得琅(Trivandrum),印度西南部喀拉拉邦首府。

"你真是个可恶的女人,在我背后跟我的丈夫对我说三道四。"

我说:"你这样很无礼,齐娜。"

"等着看我扇她耳光。"

"她会回敬你的。"

"让她试试。"齐娜在她脸颊上画了一个十字。"就在这里怎么样?"

安妮塔坐了下来,睁大眼睛瞪着齐娜。齐娜说:"安妮塔,把这些东西拿出来。如果埃迪离开了,那我也跟着走。"

我说:"别犯傻了,齐娜……"

齐娜冲我喊了起来:"而你却宁可信任安妮塔?她在和埃迪的朋友吉布尼约会。他们一起喝龙舌兰,一块儿跳舞。她教他跳放克小鸡舞①。她唱了一首歌。她是直接从他那儿过来的。他拥有了她,早上带她出去吃了早饭。埃迪说她吃了两顿。沃尔多,想必她一定跟你说过吧。"

"是真的吗,安妮塔?"

"约会并不代表什么。"安妮塔说道。

齐娜脱下手上的戒指,并将耳朵上的耳环摘了下来,然后统统朝我扔过来。她跺着脚冲进自己房间。她把一个行李箱扔到了客

---

① 放克小鸡舞(Funky Chicken),美国1950年代兴起的节奏布鲁斯舞蹈,舞者上下拍动双臂,双脚向后踢,模仿鸡的动作。

厅,开始整理她的东西。我转过身去。

我注意到安妮塔闭上了眼睛,开始操练起一种西藏的呼吸控制方法,我猜她是有意而为之,专门为了配合像这样的场合。

她睁开眼。"你会原谅她吗?你会挽留她吗?"

"当然。"

"为什么你会这么做?"

"曾经,我也是一个男人。对于品行不端和不忠再熟悉不过了。我后悔莫及,如果可能的话,想乞求被原谅。谁没有过一时冲动呢?"

"他们想要打劫你。或者更糟。"

我耸了耸肩。安妮塔走过去看齐娜有没有事。

她回来了。"她说你是个浑蛋,她要离开你。她不会告诉你她要去哪儿,也不会再回来了。我该怎么跟她说?"

"你是个演员:用你最美的声音替我跟她说声再见。"

"你不能一个人在这里。我要不要找个护士过来?"

"我为什么要一个人独处那么久?"

"什么?"

"如果你能割断我的喉咙,我会很高兴的。"

"别吓唬我。"

"为什么我要苟延残喘地活着,无人关爱地孤独终老?"

"我们所有人都是这样的。"

"我不是,宝贝。总会有人殉情。"

"天呐,沃尔多,你为什么非要如此极端呢?"

前门砰的一声敲响,我听见电梯的声音。我不打算摇着轮椅到窗户边目送一个女人离去。

安妮塔向门口跑去,她在电梯里,很快,我猜,她到了外面,在街上。我等待着,盯着墙壁看。

她离开了一段时间:至少半个小时。我觉得我听到了高分贝的声音,但就这个距离我很难确定。她回来时上气不接下气。

"达成了交易。"

"齐娜人呢?"

"在那里。"

她就站在那里,怒火冲天。

那个女人,她伤透了我的心。

第十六章

有些事情正悄然发生。接下来的两天,齐娜和埃迪几进几出公寓。他们忙到几小时不见人影。

安妮塔的"交易"并没让我喜出望外:齐娜同意继续留在家中,条件是她能邀请朋友过来留宿而我不会从旁"干扰"。显然这个"朋友"就是埃迪了。

他前程似锦,高兴不已,每天像是在自己家中一般逍遥快活。

齐娜会把埃迪介绍给她的女儿萨姆瑞吗?我推测至少在萨姆瑞度假这段时间罪恶之花将不会绽放。萨姆瑞有头脑有品位,她一定不会喜欢他这样的吧?不过如今我也没有把握。一切都在变化。我可能不中用了。我可能就是那个该让位的人。齐娜已征询过我是否会在别的什么地方感到"更舒适"。在我的坟墓里,我告诉她。

第三天当我们单独在一起的时候,她有了进一步动作。她提出一些建议。

"我们要不要晚上说说话,到处走走?"她吻了吻我。"对不起,我最近太忙了。"

她早早地在五点左右就开始做饭。我们开了一瓶上乘的红酒,然后在厨房聊天。"今晚就只有你和我。"她说。

再过一周萨姆瑞就要来了,因此我们必须商量一下她的行程安排。我表示了自己有多渴望陪伴我疼爱的继女一起去剧院和网球场。和她一起散散步,聊聊天,我就足够开心了。

在我犯下那个美丽的失误之前,齐娜和我讨论了我们想看什么电影,然后硬撑着看完了火辣的琼·克劳馥[①]。好的电影里只有为数不多的理性角色。好莱坞曾经是疯女人的集结地。看着一个个张牙舞爪、失控的疯子,脸上画着异于常人的眉毛,手里拿着刀或是枪,我们顿时轻松起来。

"这些女人知道她们要什么。"我说。

"她们是铁石心肠的。"

---

① 琼·克劳馥(Joan Crawford,1906—1977),原名露西尔·费伊·勒萨埃尔(Lucille Fay LeSueur),1906年出生于美国,好莱坞黄金时代女演员。

随后,我紧接着步上曼联队不幸的后尘,看着我平板电脑上每一笔配偶银行卡的消费记录,我问齐娜能否在花销上有所节制。我提醒她,她已经挥霍无度了。不能再这样下去;我们可能会有麻烦。我现在没有分文进账。这是一场赛跑,看我是先破产还是先没命。

"银行已经警告我了。我今晚就会关闭账户,齐娜。钱由我单独掌管。你有属于你的那部分钱。"

她起身,脸涨得通红,把沙发上的靠垫拍得鼓鼓囊囊。我紧张起来,像是一条挨揍的狗看着它残暴的主人扬起手中的棍棒。不过要是一个女人在她自己的家里连靠垫都不能拍的话,还能做什么呢?

她极力克制自己。尽管怒火中烧,眼睛里闪着逼人的光,她还是将我扶上床并坐在我身边,轻抚我的手臂和双手。她将连衣裙上半身拉下给我看她的胸脯,让我用嘴含住她的乳头。

我对她表示感谢。"我能看看你下面吗?"

"现在?"

"我猜这将是最后一次了。我将其视为是一场重逢也是一次告别。"

出乎我意料,她竟同意了。在她褪下内裤的时候,我低声唤到:"哦,齐娜,我已经后悔了——"

"后悔什么?"

"我无法看你慢慢变老,看你七十、八十或是九十岁时的样子。即便到那时我也会吻你。我希望你活得久,并且把自己照顾好,我的爱人。我走后,我的爱会追随你,你会感受到的。我的声音将指引你,如果你想听到的话。"

她把双腿分开,坐在床对面的椅子上。她没有吱声,直到她说:"那真好,沃尔多。"

"请留下来照看我。我今晚心神不宁,齐娜。"

她穿起衣服,没有同意也没有反对。我放松下来,打起了瞌睡。现在还很早,我怀疑齐娜是否在我的食物里下了药。

我或许是个愚蠢、酗酒,要么就是没脑子的老男人,但当前门随后发出砰的声响,我明白了她此前一直在洗手间里梳妆打扮。她今晚去过外面。她香水的毒气还弥漫在空气里。

带着余下的怒火,我硬是挣扎着把自己弄下床,然后设法爬上轮椅。我的手臂开始变得使不上力,但我向来很有毅力。我积攒一些力量,然后无头苍蝇似的到处乱窜。

我还是发了短信给安妮塔,虽然我不得不用一只手握住另一只,这费了我不少时间。

我等得极不耐烦。十五分钟后她回复了,问我是否跌倒了。我病了吗?她要不要叫一辆救护车?并非如此,我解释道。我有生命危险。他们有阴谋。

她回复说她像以往一样想着我。今晚我必须休息,照顾好自己。我并没有发疯。我怎么会有危险呢?

她今晚在外面。明天她会过来。

也许那时太迟了。我审视镜中的自己。我的脸似乎已经干瘪。我的嘴巴张开着,嘴唇在颤抖,仿佛不知道该说什么。我惊恐地瞪大双眼。

这很让人受伤,尤其是在我这个年纪。我受到的屈辱已远远超出了我能忍受的极限。如今,他成了我挥之不去的噩梦。

我让她给我送来些安慰。

几分钟后她发来一张在饭店洗手间里的自拍照。这是一张近景拍摄的照片,她撩起一头长发。她知道我欣赏她的脖颈。我让她安心:她看上去很美。

她又发来一张,更加狂野。

在镜子的边角处,我认出了某样东西。或者更确切地说,是某个人,正从敞开的门前走过。这是个我可以加以利用的机会。

我打电话给老板。整个世界突然闯入我的耳朵里。

"他们怎么样?"

"大师,听见您的声音真是太好了!您在哪里?"

"深处的炼狱。"

"希望不是这样。"

"在临界处。"

"您身体抱恙不能来这儿真是太遗憾了。"卡洛告诉我。"我从我的小窗户里能看到您亲爱的朋友们玩得很开心。我最好的服务生彼得罗正在招待他们。他手里拿着簿子一直抖个不停。他太崇拜安妮塔了,她穿着皮夹克、黑色丝袜和高跟鞋,真是格外美丽动人。"

"珠光宝气吗?"

"她丰满的胸部上挂着几条珍珠项链。大师,彼得罗能向她索要亲笔签名吗?"

"当然不行,卡洛。我会很不爽。明天我会寄一张签过名的《钟点情人》①DVD过来。告诉我:他们点了特别推荐吗?"

"今天特别的'特别推荐'是绝美的奶油马苏里拉奶酪,您一定喜欢,配上一些小番茄、罗勒和几滴油。您会用'美味多汁'来形容它。您知道英国人把马苏里拉奶酪叫作'水牛'——好像它们是从野兽身上来的。"

"真的吗?"

"不过只有吉布尼先生点了它。"

"吉布尼先生可真是一个有品位的人啊。你认识他吗?"

"完全不认识。"

"安妮塔点了什么?"

---

① 《钟点情人》(*The Wrong Blonde*),由米歇尔·布朗执导的电影,1999年在比利时上映,讲述了一个徘徊在做不做牛郎之间的男人的故事。

"炸鱿鱼。"

"不错的选择。那其他人呢?他们怎么样?"

"安妮塔很喜欢齐娜带给她的漂亮花束。她们之前是不是有什么过节?"

"你为什么这么说?"

"她们之间似乎有一些卿卿我我的举动想要和好。现在她们成了闺蜜了,大师。"

"哦。齐娜吃得还好吗?你知道我有多担心。还是她只吃了炸西葫芦和茄子,然后把大部分都剩下了?"

"她一开始吃的是这些。然后她会抽根烟,再作决定。"

"当然。"

这群人正坐在靠窗的位子,享用他们的主食。一谈到食物卡洛便能事无巨细,一一道来。吉布尼正在品尝牛排,而埃迪吃的是海鲈鱼。

"埃迪看上去饿吗?"

"他总能一边侃侃而谈一边大快朵颐,先生。不过发生了一些事。"

"什么?"

"他跑到外面来了,不安地来回走动。"

"在打电话?"

"他似乎很焦虑。"

"他一个人吗？吉布尼先生和他在一起吗？或者是安妮塔？"

"不，不是安妮塔。她在里面。她对吉布尼先生非常着迷。"

"哪方面？"

"爱情方面。他们俩好像黏在一个信封里，形影不离。她看他的眼神。她的双唇在——"

"在哪儿？"

"紧贴在他的耳边，大师。"

"不可思议。"

"他们是不是订婚了？"

"早晚的事。"

"我真替她高兴。这样的女人怎能单身那么久？我们要在这里举办宴会。您知道这里有一个私人包间，曾经在那里为您举办过获奖的庆祝派对。"他停顿了片刻。"大师，埃迪先生似乎有一些烦心事，齐娜正在和他商量。"

"是吗？你能去一探究竟吗，卡洛？"

"恕我冒昧，大师，我怎样才能从这里听到他们说话的细节呢？"

"派彼得罗过去。让他到附近。他就是我们的监控。"

"好的，大师。"

"让他把埃迪先生叫到跟前，在他耳边说上几句悄悄话。别提到我。那是个能让他开心起来的美丽惊喜。不过一定不能让其他人听到。你知道我有多喜欢隐姓埋名。对他说'亲爱的猫咪'。"

"'亲爱的猫咪'？"

"'亲爱的猫咪'。"

"我把它写下来。"

"别写。你得用脑子把它记下来。'亲爱的猫咪'。把这个口令轻声说给我听，卡洛，我请求你。用西尔维奥·贝卢斯科尼的声音。"

"先生，他是个服务生，还没成为喜剧演员。但即便如此……"

卡洛重复了一遍，然后电话里有一段时间没有传来声音。我听到背景里的声音。也许他们在排练。我等待着。

卡洛回到电话线上。"您还在吗，大师？"

"他的反应如何？"

"恕我直言，大师，并未取得您预期的效果。"

"怎么说？"

"他看上去仿佛吞了一枚大头针。他疯狂地巡视街上想要寻找那个将它放进他身体里的人。他上上下下、前前后后、来来回回地找，像是要找出带枪的刺客。他一拳打在自己的前额上。"

"他有重新坐回去吗？"

"齐娜在一旁安慰他。她觉得他是酒后头晕。"

"拜托，卡洛，一定要设法拍到一张他们整桌人热情狂欢的照片。然后发给我，这样我也能陶醉在我朋友的喜悦中。"

"这不太容易。不过为了您,我会办到,大师。"

"像我说的那样,别提到我,卡洛。要是他们知道了我在这里如何烦恼忧愁,会扫了他们的兴致的。"

"当然,大师。我知道您总是为他人着想。"

几分钟过后,一张他们的集体照传到了我的手机里。萨姆·斯佩德①也不见得能做得更好。

我乐坏了,大笑不止,以至于在床上大便失禁。屎不断涌出,越积越多,在我周围像那无情的潮汐层层堆积起来,直到涌上了天花板,我躺着,淹没在粪便堆砌的石棺里。

---

① 萨姆·斯佩德(Sam Spade),美国作家达希尔·哈米特小说《马耳他之鹰》主人公。

第十七章

滂沱大雨和一阵声响把我吵醒。空气中飘来一股烟味。侧灯亮着。

现在是夜里。我清醒过来,稍稍坐起身来。我从自己那面镜子里能一眼看到客厅镜子里的一切,她穿着一条长至脚踝的紧身连衣裙站在那儿,抽着烟。

我看不到埃迪,不过我觉得我能听见他的声音。我努力调整姿势直到能瞥见他的头顶心。他紧紧地拽着她的裙子,脸深埋在她的两腿间,口水顺着她的双腿往下流淌。

"你在下面干什么,埃迪?"

"你很饥渴但是我很抱歉。真希望今晚我能满足你。不过我可以尝试给你一些享受。"

"我已经魅力尽失了吗?"

"我有些心烦意乱。"

"为什么呢,一切都进展顺利,何况我们已经为我们的将来打算好了?不过这也是正常的。"她微微抬起头,有那么一刻像是直勾勾地对着我看。"虽然这在沃尔多身上极少发生。他纵情纵欲,这一辈子他的老二都不知疲倦。"

"我不是机器,齐娜。这样的频率让我难以应付。"

她说:"我是个年老色衰的女人,不过今晚就连沃尔多也想看我的下面。"

"你给他看了?"

"是他求我的,埃迪。他是我丈夫。"

"这不是借口。我简直无法相信。假如我把我的老二给我妻子看,你会怎么说?"

"你妻子会想看你的老二吗?"

"这可难说。"

"现在说这些太迟了。他看都看了。"他不满地咕哝着,她没吭声,直到她开口问:"吉布尼还有别的女人吗?"

"你为什么这么问?"

"你听上去很不肯定,埃迪。你们在一起不是无话不谈的吗?被沃尔多发现他会发疯的。他很喜爱安妮塔。"

"这事和沃尔多完全没关系。"

她追问道:"吉布尼是骗子吗? 你知道我不喜欢说谎的人,埃迪。你已经痛改前非了,不是吗? 不管怎么说,我还是挺喜欢安妮塔的。她试着对我表示友好。"

"她有吗?"

"我想要逃离这一切时,她非常气愤。她对我,用沃尔多的话说'臭骂一顿'。她说我应该尽到自己的责任,在他尚在人世的时候忠诚于他,而不是见异思迁。之后,我便可以自由地选择和任何一个我中意的骗子做任何想做的事——"

"她这么说我?"

"她说我的更难听——"

"你是怎么说的?"

"她知道我崇尚忠诚。这是南亚次大陆上我们仅存的价值观了。我只是希望她不要在一个没有教养的骗子身上浪费时间。"我听不见他的回答。齐娜接着说:"看在上帝的分上,你起来吧。我的打火机去哪儿了? 我是个难伺候的女人。我不是什么电影明星,但至少我拥有两个对我忠诚的男人。"

我猜想埃迪站起了身。费了点工夫。至少能看见他的头了。"是吗? 除了我,还有谁?"

"当然是沃尔多了。"

"我跟你说过了,他不重要。我们为什么非得谈到他呢?"

"他怎么会不重要呢？他富有创造力,他受人景仰。我在深夜时分问我自己：我是怎么做到的？抓住了全世界最迷人的男人之一的心？有许多写他的书。那里还有一本最新的。"

"上面写些什么？"

"是曾与他一起共事的一个朋友写的。让我忍俊不已。他笔下的沃尔多鲁莽,懒散,善变,无法无天,是个彻头彻尾的破坏分子。他去到哪里,哪里就不得安宁。"

埃迪听上去不胜其烦。"这对你来说很有意义吗？"

"我们去过的地方,那些酒店、晚宴还有和名人的交情。全都不是因为我,亲爱的。你真的以为会有人半点在乎我的想法吗？有一半的时间他们不会看我一眼或是记得我的名字。和这帮英国人在一起你必须得小心。他们不喜欢爱表现的人。一直是沃尔多在保护我。"她说。"总有一天我将不得不回归平凡的生活。"

埃迪失望不已。"我给不了你他所给你的。这就是你想说的。"

"你也获得邀请了,不是吗？你总是忙着东奔西跑。"

"我来者不拒,没错。我能找出哪里举办什么活动。你会和我一起去,是吗？"

"你说得我像是个宠物。"

"迄今为止你都是个养尊处优的女人——"

"都是拜他所赐？这就是你坚持要说的？"

"你没注意到,但人们在你面前恭敬顺从。"他说。"我怕有朝一日你会怀念这种感觉。我无法一直取悦你。"

"只要我们不和吉布尼混在一起,可以走一步看一步。"

"没人像他那样支持我。"

"像你这样的男人要比他这种游手好闲、不务正业的家伙有出息多了。"随即,她叹了口气。"埃迪,别说了。别在那儿没完没了地唠叨。你的喋喋不休让我觉得像是有把匕首扎进我的脑袋。你那一脸糟糕的表情是怎么回事?"

"不仅是因为你展示了你的阴道,我本来的心情也坏透了,齐娜。你看,我在发抖。我听到一些可怕的东西。从饭店那个服务生那里听到的。"

"彼得罗?"

"他走过来,笑容很诡异。轻声在我耳边说:'亲爱的猫咪,猫咪,猫咪。'"

一阵沉默。我把羽绒被塞进嘴里以免自己放声大笑。

"我开始感觉到怪异,齐娜。我听到一些东西,就像你说你听到的。服务生不会随便对一个客人说'亲爱的猫咪'。学校那段往事我从没对任何人说过。"

"并不是没有人。吉布尼和我就不能算作任何人。"

"齐娜,亲爱的,求你了,你不会告诉别人的,是吗?"

"我想着让你振作起来。我怎么会告诉一个服务生你被你的音乐老师鸡奸了,因为他会用口哨吹《唐·璜》?"

"你没跟沃尔多说吗?"

我想象着她一边摇头一边环顾四周找寻身边的出口。

最终,她坦承道:"我提到过。"

"你有告诉他后面的事吗?我们是怎么跑到老师那儿去,然后吉布尼失控袭击了他?"

"可能不经意间透露了一些。沃尔多很有说服力。我根本不是他的对手。"

"他就是个浑蛋,在我脑子里放了一只大黄蜂。"

"这就是为什么只有你能帮我逃离这一切。他要置我们于死地。让我们结束这一切重获自由。"

"在你如此愚蠢的行为过后我们还怎么拥有自由呢?"

"被强暴不是什么丢脸的事情。现如今人们在电视上公然谈论。我们应该把你的故事放到网上,再配上照片。你曾经在一本心理杂志上也写过。"

"当时我拒绝透露我的名字。"

"现在可以了。这会引起轰动。沃尔多说这是在问题中寻求解决之道。"

"太恶心了。我可不想把强奸受害者作为我的职业。孩子们会怎么想?我连想到都觉得恶心。"

"你不是受害者。这就是有意思的地方。你等不及被强暴。你当时穿着紧身牛仔裤。"

"简直疯了。"

"我喜欢你发火的样子。"她停顿了一下。"别忘了,你以前杀过人。"

"杀谁?"

"鲍。"

"他本可以去监狱的,但他选择跳了下去。"

"是在你的怂恿下,埃迪,让我们面对现实。你帮他作了这个决定。干得好,干得漂亮。是你做得最棒的事。"

"不是我干的!"

"我把它归功于你,亲爱的。"

有许多我听不清。我抿了一口伏特加,用它漱了漱口。我沉浸在自己的想象里,他双手托着头,不知道自己陷入了怎样的困境。

"别在我试图理出头绪、筋疲力尽的时候跟我哭诉或者作对,埃迪。记住,是我把你从穷困潦倒中解救出来的。吉波今晚不是说他看不到你有任何出路吗?除非……?"

"除非……除非……我要怎么做,齐娜?你想从我这里得到什么?"

"没有我的话,沃尔多会把你扔到大街上不管不顾。他是个冷血动物。你知足吧。"

"我正在努力。"

"你希望我们有一个未来,那你就更需要像个男人。你知道代价是什么。"停顿了一下。"那是什么声音?是沃尔多吗?你能去看一下他吗?"

"为什么轮到我?"

"你不会想自己支付那些数额巨大的账单吧……"

埃迪来到我的房间,打开灯,看着我。

"你醒着吗,亲爱的朋友?"

"你能帮我翻个身吗?"

他这么做的时候,她走了进来站在他身后。

"很简单。这么做。"她抓起一个枕头。"你就是个麻烦,沃尔多。你一直都不老实,这点你心里很清楚。我已经无心跟你纠缠了。让我来送你一程。"

她举起枕头捂住我的脸,拼命往下按。

埃迪抓住她的手臂。"齐娜!"他喊道。"他不能呼吸了!"

她停了下来。埃迪瞪着眼看她。

"天呐,齐娜——我们会为此坐牢的。"

"埃迪,拜托了,这是慈悲。有一天我们会要求这样做的。你不必急,分几步来。我没法告诉你有多少次他求我让他解脱。他已经受够了。让他追随永恒而去,而你我也将拥抱自由。"

走到门口的时候她停下了脚步。

"等你完事了,埃迪,来到我的怀抱。我等着你。"

第十八章

她进来,在他脸颊上落下几个吻,然后离去。

他也把我扔下了。不过我听到他在客厅里走来走去。他的双手无处安放。

我变得急不可耐。必须得让他在我睡着之前动手。我可不想错过任何一个环节。如果你连自己的死亡都无法享受,还能享受什么?

"埃迪,埃迪……"

呼唤声将他引到了门口。先前她把枕头扔在了床尾。他捡起来,朝我走来。

"现在我能看到你了。猫咪,猫咪,猫咪——"

"这些话太让人恶心和侮辱人了。"他说。

"难道你没在我背后做些不可原谅的事吗？你夺走了属于我的东西。你怎么能这样对待你的朋友？"

埃迪说："如果你能的话，就打我。我毫无还手之力。我的身体从不属于我。我试图讨好每一个人。我习惯了为别人服务，像是讨人欢心，你知道这就像……"

我勾了勾手指让他走近一点。

"埃迪，成千上万的人杀过人，并且活得好好的。我知道今晚你肯定要动手。走到灯光下让我瞅瞅你那血腥的双眼。"

我觉得他快要哭了。他把脸埋在枕头里。"这里有一股味道。"他说。

"埃迪，我不反对谋杀。这将会在我人生简历的最后增添一页辉煌的篇章。但你心里就没有半点疑虑吗？这不应该。她会囚禁你。你就顺其自然吧。"

"为什么和齐娜在一起会比我该死的终日忍受着惶惶不安更糟呢？"

"你将被困在这里，困在我们的生活里，而不是你自己的人生。你认为你想要的，即便你以为得到了，也永远无法真正拥有。她喜欢坏男孩，他们敢于冒险，不计后果。她会在你脆弱的时候把你变为她的奴隶。你片刻的自由都得不到。"

他四肢无力地站着。随后，重拾勇气朝我走来。

"你现在准备动手了吗,埃迪?"

为了使他高兴,我故意发出声响让他以为这是我临终的哀鸣。

在他向我靠近时,我按下了平板电脑上的按钮打开了电视。画面很大;从我左右两旁的重型低音炮中传出轰炸般的音响效果。我们听到约翰尼·罗顿①的声音:"没有未来!没有未来!"

在音乐中死去。

"你瞧,埃迪,这是我的新作。"我说。"我的新电影。你能陪我看一会儿吗,还是你很着急?"

约翰尼的声音渐渐消失。屏幕变黑。一个声音出现。"你们好,我已经死了。"这是我的宣言。

要是明天我还没死还有空闲的话我要把这一段重录一遍。听上去有点空洞,做作,还有点威尔斯②的味道。

"是我,沃尔多,在死后跟你们说话。但愿是来自地狱。至少很温暖。这是我最后的故事。这里——这是齐娜……"

她在那儿,忙得团团转。

"这是埃迪。听听他的声音……"一些叽叽喳喳以及埃迪来回踱步的声音。"而我在这里……"

我的声音,我的胡子——一张大大的自拍照,脸上挂着残忍的

---

① 约翰尼·罗顿(Johnny Rotten, 1955—   ),朋克摇滚乐队 Sex Pistols(性手枪)成员之一。
② 奥森·威尔斯(Orson Welles, 1915—1985),美国电影导演、编剧、演员。

微笑。

我说:"你否认不了,埃迪。这里有许许多多的照片。你看——这是你的伙计吉布尼在我的公寓外头。这张是齐娜,你们在用晚餐。卡洛给你们所有人照了一张不错的照片。"

还有齐娜摆着各种姿势的照片。没多久出现了她的声音和灾难性的终曲——她的高潮。

"现在的所有一切都会被记录下来,埃迪。抬起头对着摄影机挥手告别吧。"

"这简直太疯狂了,沃尔多。我从未想过要杀你。你怎么会有这样的想法?我只是想让你舒服些……"

他一步步往后退去。

"顺便说一句,"我在他身后喊道,"让你的导师吉波先生和我联系。我们必须得谈一谈。"

我把自己伤得体无完肤。多么刻骨铭心的疼痛啊。但我丝毫不能停歇下来。我听得到他俩在客厅争执不休。她哭喊道:"埃迪,你把事情搞砸了,像你做过的所有事情一样!"

激烈的摩擦后,紧随其后的是男人的哭泣。有一面镜子被砸碎了。她追着他不放,我推测,他想要收拾行李。她给了他一拳。我希望是打在头上。他一把抓住了她,我猜,她会掐死他的,她做得到,他的哭声越来越微弱,而她的喘息声则越来越大。尽管我很想让他死,也乐意看到他的头盛在我的盘子上,但我不想他的尸体在我客厅的地板上腐烂,也不愿我的妻子深陷牢狱。

我用尽体力滑下床准备去干预。但还没够到椅子我便滑倒摔了下去。我趴在地上惴惴不安,唯有呻吟,我试图大声呼喊,像是老年的格雷戈尔·萨姆沙①。

最终,门砰的一声重重关上了。只剩下黑暗的回声。

差一点儿被杀死已耗尽了我所有的力气。

---

① 格雷戈尔·萨姆沙(Gregor Samsa),卡夫卡小说《变形记》主人公,工作勤奋,心里善良,后来变异成一只虫子,家人对他态度冷漠,最终悲惨死去。

第十九章

萨姆瑞说:"发生了什么,亲爱的沃尔多?"

我尽可能地转过身。"告诉我你想说什么,亲爱的萨米……"

她乌黑的长发垂落在风衣外套上。这样的天气里她依然系着羊毛围巾,推着我穿梭在这个城市中。她靠向前贴近我的耳朵。

"妈妈的行动越来越迟缓了。人上了岁数这很正常。但她会直视你的眼睛,听你说话。她会关注。这倒是新鲜事。她和孩子们一块儿去公园时,会让孩子们领着她走。以前她和我们在一起从没像这个样子。"

"她以前是什么样的?"

"愤怒,沮丧。她不愿和我们待在一块儿。你知道她过去,可以这么说,对她的孩子非常强势?"

"我有这个印象。"

"她对我父亲也是如此。她曾说:'他连打都不打我。'每当她生气动手打我们,就会觉得心满意足。或者她会一把拎起我们放到浴缸里直到我们以为自己快淹死了为止。在这种水刑过后,她能胃口大开。不过她知道她无法对你做这些疯狂的事。"

"为什么不呢?"

"沃尔多,你拯救了她。她有了你之后,就对我们失去了兴趣。谢天谢地。但我为此郁闷了好几年。这么多年过去了,我对她的喜欢反而增加了。"

"我也是。"

"实话告诉我,她对你做过同样的事吗?你没有回答我。你知道的,她会掐死我们。"

"没错。"

"那你呢?你又没回答,沃尔多。"我转过身看着她,但她却目视远方。"接下来几天我会和她谈谈。"

"为什么?"

"我担心她会在我们彼此敞开心扉之前就离我而去,留下我满肚子没来得及说出口的话。"

"我希望你能说出来。我喜欢好莱坞式的结局。"

齐娜和孩子们在看电影。萨姆瑞乐于带我去一些老地方走走:伯爵宫、南肯辛顿和切尔西。我们都认不出这些地方了。我们在"游吟诗人"①外停下脚步,说了会儿话。但没说多久。萨姆瑞并不知道我得去一个地方。我给安妮塔发消息,让她作好准备。我在路上了。她知道该怎么做。我不是一个喜欢报仇的人,但为了吉波我可以破例一次。

"我也有变迟钝的地方。"我对萨姆瑞说。"我对齐娜的爱一如既往的深。"

"她很爱你。她看你的眼神。她还和以前一样,有点儿怕你。她身上有一股新的哀思惆怅。是怎么回事?为什么你让我提前几天赶回伦敦?"

"这件事你得和齐娜好好谈谈。"

"如今可别让她听到你亵渎神灵,聪明的沃尔多。"她接着说:"妈妈没染头发,她坐在《古兰经》旁,用手数着念珠。我看见她房里有一张跪垫。那些阿拉伯文字准能让她心境平和。在内心迷茫的时候,信仰会为你指明道路。可就在昨天,她在大街上穿起了长裙,还把头遮起来了。"

"你问她是为什么吗?"

"没。即便在这里,在伦敦,人们依然仇视那些戴头巾的女人。我在想她会斋戒吗?小时候因为父亲的原因我们这么做过,但近

---

① "吟游诗人"(Troubadour),伦敦咖啡馆。

来她有这么做过吗?"

"我不会允许的:她已经够瘦了。"

萨米说:"妈妈看不清真相,她这么说。到处是物质主义、精神病和性变态。头巾能给她带来力量。她是不是受到恶人的影响了?"

"神是很容易被欺骗的,萨姆瑞。他睡着了,而且他是个傻瓜。作为一个虔诚的质疑者,我可没那么容易上当受骗。我能说的就是,我会让这段婚姻继续下去,至死方休。"

"我的婚姻正走向终点,爸爸。你是怎么做到让它维持这么久的?"

"天赋。"

她说:"你知道母亲最大的恐惧是什么吗?是失去你。是你的死亡。始终困扰着她。'没有他,一切都不复存在。'她是这么说的。"

她继续推着我走了很长一段路,直到我们走到了卡洛这里。已经是午后了。有一个靠窗的座位。我们可以喝点茶。

齐娜用信仰来取代埃迪:在我看来,是明智之举。但我却不知这种觉醒和希望的幻灭会给她带来什么。她会复原的,我相信。这需要时间。而我并不拥有。

"沃尔多,醒醒,"萨姆瑞轻声唤道,"那个男人在朝你挥手。就在那里,马路对面,那不是你朋友吗?"

她把我转了过来。是安妮塔,她和吉布尼在一起。她把他带来了。我很高兴见到他。是时候来点震慑和敬畏了。是时候将那蛇头一口咬下。

他也很高兴。他准备穿过马路向我走来,有点着急。

"你确定你想和那个男人说话吗,沃尔多?他看上去有些气冲冲的。他是安妮塔的公关吗?"

安妮塔从他身后走过来亲了亲我,而吉布尼眼瞧着,在思考要怎么做。有那么一刻他看上去茫然若失。疾病能带来些许安慰:你无法拽起一个坐在轮椅上的人的衣领然后把他扔到马路上。

吉布尼伸出手来,但我碰不到。他弯下腰来和我打招呼。

"啊,沃尔多,我一直想找到你。你能和我一起谈论一下你的无理取闹吗?"

"没人会愿意听和自己有关的事实真相,吉布尼先生。我只希望你有时间把你的情况交代清楚。"

萨姆瑞问我是否介意留下来。她想离开会儿去逛街。她会晚点过来接我。安妮塔答应她来接手。她们互相交换了电话号码以免我突然变卦。

我对吉布尼先生虽心存不满,但有许多事我想要知道。修养不就意味着在无理由克制自己的情况下控制住脾气吗?

我们坐了下来,安妮塔满脸惊恐的样子,像是要被放进坚果钳里的核桃一样。她除了不停地咬手指还能干什么?彼得罗递来了菜单;卡洛过来招呼我们。我向彼得罗点了我最爱的正山小种和一壶热水。

终于我开口道:"吉布尼先生,真是难得没见到你像一个要偷画的男人潜伏在我房子外面。你是不是很想见识一下我收藏的彼得·布莱克①的作品或是其他收藏品?"

"不感兴趣。"

"你的伙计埃迪还好吗?"

"你会知道的。他病了,肩膀和眼睛受了伤。他住在招待所里。"

"环境很糟吗?"

"里面的气味很不好。他和另外六个男人同住在一间屋子。他还在俱乐部的吧台干活。"

"你的新计划进展如何? 帕特丽夏·霍华德是新目标,对吗? 她会过来共进晚餐。我一定会跟她探讨一下这件事。"

"你为什么要反对人们相互介绍认识?"吉布尼说。"安妮塔的确提到过你是个被孤立的、偏执的人,脾气很臭——"

"吉波,"安妮塔开口,"够了。他不是偏执狂。"

吉布尼握着她的手,和我说话的同时轻轻拍着她的手。"埃迪称呼你为大师。他喜欢花时间陪你。他说你知道自己在做什么。"

---

① 彼得·布莱克(Peter Blake, 1932—),英国流行艺术家,波普艺术代表人物。

"他能这么说真好。我能问你一个问题吗？为什么他有这样的低级趣味要去搞我老婆？还是他专门喜欢搞别人的老婆？我听说他可是有点饥不择食。"

吉布尼对此嗤之以鼻。"我一直犹豫着要不要告诉你，不过这其实是你老婆求之不得的。你没注意到吗？你整天都在看些什么？他让她满足。恐怕这是健壮的男人干的事。她接纳他，让他改头换面，许诺帮他开展生意，给他找房子还有其他的事情。但她耍了他，而且恐怕我不得不告诉你，他并不觉得和她性趣相投。"

我瞥了一眼安妮塔。"如果你真是一个粗暴的男妓，吉布尼先生，那假使你今天不搞出些名堂来的话会令我失望至极的。我有我的原则，永远不会相信那些穿尖头鞋的人。不过我听说，你是埃迪的经理人。如今你的奴隶人财两空，而你却几乎靠计谋骗过了一个体弱多病的人来为自己谋利。"我又加了一句："你清楚你的人想置我于死地吗？"

吉布尼，这个神经兮兮、躁动不安的家伙，听到这话后脸上似乎受到了什么刺激，大笑起来。

"埃迪怎么可能是那种会去谋杀的人呢？你老婆对你心存怨恨。你们两个狗男女想让他来背黑锅。"他凑近我。"齐娜咄咄逼人，她口中的你就是一个魔鬼。我一直替埃迪担心，他对你们两人都倾尽了所有。你老婆用花言巧语和伎俩拉他下水，耍得他团团转。"

"怎么说?"

"你很乐意让他被你老婆利用,一边还继续满足她。天下没有免费的性爱。她明白总有一天她要付出代价……但当他要求获得平等时,你却百般折磨他,可怜的男人。你把他弄得一团糟。你嘲笑他的孩子以及他所经历的苦痛。你们都清楚过去在他身上发生了什么,不是吗?"

"我得知了在鲍的死亡中你扮演的角色。"

"那也是我的错,对吗?"

"我倒是很有兴趣听听你有多无辜,吉布尼先生。"

他说:"埃迪最终逃离的那个晚上,他被发现晕倒在街上。她用金球奖奖杯袭击了他——"

"英国电影学院奖。它们制作精良。"

"她狠狠地伤害了他,就因为他没有照她的吩咐去做。他从你身边逃走,离开伦敦,奔向机场,准备飞去什么地方再也不回来了。他服药过量,只能被强行送往医院。他女儿差点儿崩溃了。他们都需要大量的关爱。我对你的家庭非常失望,沃尔多。而且我要告诉你的是——"他牵起安妮塔的手,举起来并亲吻它,"至少我拥有她。"

我受够了。快感到此为止,先生。

我打开我的小摄像机,用一只手举了起来。我越过桌子,另一只手轻轻一滑将一壶水倒在了吉波的腿上,淌过他的大腿、一只手和裤裆。我虽然虚弱,但一击即中,瞄得很准。滚烫的开水起到了作用。我深吸一口气,幸灾乐祸地看向他。他跳了起来,受了伤大喊大叫,发疯一般。在他四处乱跳、拍打着下体时,我从桌子边往后退,继续用摄像机对准他。后人不会错过一分一秒。

我对安妮塔说:"现在他得重新考虑一下还要不要妨碍我。"

在他攻击我之前,安妮塔按住他的胳膊,赶忙拉他去洗手间,用冷水泼在他火热发烫的部位。

我看到萨姆瑞急着向我跑来,而卡洛和彼得罗也围了过来。

"怎么回事,沃尔多?"她问,"你已经喝完茶了吗?"

"是的。"在一片喧嚣声中我答道。"我来的目的已经达到了。真是美好的一天。有时觉得活着真好。"

第二十章

我们办了一个派对。孩子们、萨姆瑞和朋友们一块儿。卡洛和彼得罗从餐厅过来并带来了蛋糕。

安妮塔拉着我的手告诉我不必担心。和吉波的事已经了结,都结束了。有些愚蠢是值得的。不过正是玩笑让一切变得不再有趣。她并没有怨言。她交了一个新朋友:弗兰西斯卡,埃迪的女儿。

"我要带她去艺术馆然后去看电影,有我发挥的空间。"她接着说。"她是个很好的歌手。她会打鼓还会弹钢琴……"

在餐桌边,我和挚爱的亲朋好友在一起,好不容易回过神来。阴影笼罩着一切;世界变得一片静寂,人们口中暴风雨前的宁静。

欢声笑语、玻璃杯和餐具的碰撞声时有时无。我神思恍惚,但我愿意相信无论如何,我的脸流露出我的相对满意。

从他们的眼中我看到了自己的死亡。人之将死,容貌必定大变。他们被我的样子吓着了。我缩成一团,骨瘦如柴;眼睛在这张脸上显得过大;嘴巴抽搐不停,人们以为我会吐在他们身上。

每个人都表现得如此亲切,等于是在告诉我生命将走到终点。过了这么久之后,我已经不像从前那般在意死亡这件事了。我回想起自己早年的生活:我的父亲和母亲,我原谅他们了,正如我希望自己能被原谅。我想起了我爱过的女人们,还有那些爱我的。我想到了齐娜、萨姆瑞和安妮塔在我走后处理我的身后事,把我的衣服捐到慈善商店,筛选我的文稿和照片;我希望她们看一看我过去几个月里所拍下的东西。我想知道没有我,齐娜还会在这里住上多久,还是她会和萨姆瑞一起去美国。

"我想躺下来。"我对齐娜说。

我只剩下一具空壳。我的故事到这里就结束了。

"我带你去。"

朋友们没有久留。孩子们道了晚安,而女人们把我扶上床。

齐娜用我喜欢的方式抚摸我的头。她回答我的问题,但有那么一会儿沉默不语,像是不知所措。她希望我走。她会得偿所愿的。

老年就是一轮崭新的童年;她轻抚我,亲吻我——她的丈夫和孩子。她唤我的名字。我的思绪渐渐飘远。

这是一个最体面的离开方式。说了所有要说的话,除了她的名字。"齐娜……齐娜……你一度将我遗忘。但如今你又想起了我。这便是我想要的。从来都只有你。"

爱的气息轻吐在我脸上。死亡并没那么糟糕。哪天你也应该尝试一下。

图书在版编目（CIP）数据

虚无/(英)哈尼夫·库雷西著；吴忆枝译. -- 上海：上海文艺出版社，2019.2
（哈尼夫·库雷西小说精品系列）
ISBN 978-7-5321-6958-0

Ⅰ.①虚… Ⅱ.①哈… ②吴… Ⅲ.①长篇小说—英国—现代

Ⅳ.①I561.45

中国版本图书馆CIP数据核字(2019)第019598号

THE NOTHING
Copyright © 2017, Hanif Kureishi
All rights reserved.
著作权合同登记图字：09-2017-034号

发 行 人：陈　征
责任编辑：曹　晴
封面摄影：韩　博
封面设计：朱云雁

书　　名：	虚　无
作　　者：	(英)哈尼夫·库雷西
译　　者：	吴忆枝
出　　版：	上海世纪出版集团　上海文艺出版社
地　　址：	上海绍兴路7号　200020
发　　行：	上海文艺出版社发行中心发行
	上海市绍兴路50号　200020　www.ewen.co
印　　刷：	崇明裕安印刷厂
开　　本：	890×1240　1/32
印　　张：	5.375
插　　页：	2
字　　数：	88,000
印　　次：	2019年2月第1版　2019年2月第1次印刷
I S B N：	978-7-5321-6958-0/I・5559
定　　价：	35.00元
告 读 者：	如发现本书有质量问题请与印刷厂质量科联系　T：021-59404766